공부의 위로

글 쓰는 사람의 힘은
어디에서 오는가

공부의 위로

곽아람

민음사

모범생을 위한 변명

나는 오랫동안 모범생이라는 사실을 부끄럽게 여겼다. 학창시절 내내 모범생이었고 지금도 여전히 틀에 박힌 모범생이지만 소위 '글 쓰는 사람'은 모범생과는 거리가 멀어야 한다는 강박이 있었다. 한없이 자유롭게 사고하며 기존 질서에 반하는 태도를 가져야만 진정한 글쟁이가 될 수 있다는 생각. 사회의 규율에 얽매이지 않고 끊임없이 저항하면서 술이며 약물에 중독되다가 자기 파괴적으로 생을 마감하는 작가들의 이야기를 수없이 읽었기 때문인 것 같다. 이를테면 다자이 오사무나 실비아 플라스 같은 사람.

천생 모범생인데 모범생 기질을 인정하기까지 하면 영원히 제대로 글 쓰는 사람이 될 수 없을 것만 같았다. 성실히 노력하는 모범생이라는 존재를 재능을 타고난 글쟁이와 대척점에 있는 것처럼 생각하기도 했다. 내가 읽은 소설 속 주인공들이 대개 모범생과는 거리가 먼 '자유로운 영혼'이었기 때문에, 모범생에 대한 서사란 재미없고 지루하여 읽을거리가 되지 못한다는 생각이 들어 더 그랬는지도 모르겠다.

모범생인 스스로를 긍정하게 된 것은 40대에 접어들고 나서부터다. 세월이 지나면서 나의 가장 큰 재능은 성실함과 꾸준함이라는 사실을 인정하게 되었다. 자유분방하기 그지없어 보이는 작가들도 읽고 쓰는 일에 있어서만은 지극히 성실한 모범생이라는 사실을 깨닫기도 했다. 그리하여 이 책은 모범생에 대한 변명이자 '그 많던 모범생들은 어디로 갔을까?'라는 질문에 대한 답을 찾는 과정이며, 평생을 모범생으로 살아온 사람의 힘에 대한 이야기이기도 하다.

§

나는 오랫동안 우등생이라는 사실을 부끄럽게 여겼다. 정확히 말하자면 대학에서 우등생이었다는 사실을 부끄러워했다. 대학 4년간 장학금을 놓친 적이 없었고 과 수석으로 졸업했지만 그런 사실이 밝혀지는 것도, 입 밖에 내는 것도 부끄러웠다. 지금은 어떤지 모르겠지만 내 연배만 해도 고등학교 때 우등생이었던 사실은 자랑할 만하지만 대학에서조차 우등생이라면 한심하게 여겨지는 분위기가 있었다. 대학에서의 진정한 지식은 강의실이 아니라 거리에서 얻는 것이며, 진정한 대학생활이란 강의실이나 도서관에 앉아 있는 것이 아니라 선후배들과 친목을 쌓으며 '낭만'을 즐기는 것으로들 생각했다.

돌이켜보면 짱돌과 화염병을 던지며 가투(街鬪)로 대학시절을 보냈던 선배 세대, '386세대'라 불리는 그들의 대학생활에 대한 서사가 지식인의 표본처럼 캠퍼스에 짙은 그늘을 드리우고 있었던 것 같다. '강의실에서는 배울 것이 없다.'는 명제가 참이어야만 수업을 빠지고 시위에 나서는 것이 합리화될 수 있었던 엄혹한 시대의 논리가 나처럼 IMF 이후에 대학에 입학한 90년대 끄트머리 학번에게도 여전히 영향력을 발휘하고 있었던 것이다.

학생의 본분은 공부일진대, "공부만 하는 대학생은 인생을 모르는 것"이라고 386선배들은 종종 이야기하곤 했다. "대학에서 배운 것이 하나도 없다."고 주변 사람들이 말할 때 동의하지 않으면서도 고개를 끄덕일 수밖에 없었던 것은, 그렇게 해야만 '쿨하게' 보이기 때문이었다. 그런데 정말 대학은 아무것도 가르쳐주지 않았을까? 4년을 투자해 50과목 144학점을 들었는데, 그 시간과 노력은 그저 스쳐 지나간 과거일 뿐 아무 의미가 없는 것일까?

학자들의 이력서에서 "학부를 최우등(Summa Cum Laude)으로 졸업했다."는 내용을 볼 때마다 궁금했다. 학자가 되지 않는다면 대학에서 공부 열심히 한 것은 아무런 소용이 없나? 공부가 업이 아닌 나의 '숨마 쿰 라우데'는 쓸모 없는 것일까? 법학이나 공학 같은 실용적인 학문이 아니라 인문학 전공자라 더더욱?

이 책은 그러한 질문에 대한 답을 찾아가는 작업의 결과물이기도 하다. 뇌가 아직 유연하고 젊음의 가소성이 최고치에 다다라 공부가 쉬이 삶의 태도를 바꿀 수 있던 시절, 공부가 남긴 흔적에 대한 이야기. 공부한 내용이 기억에 남지 않으면 헛되다고 흔히들 생각하지만, 대학 시절의 공부는 잊히는 과정에서 정신에 깊은 자국을 남기고 거기에서 졸업 후 이어질 고단한 밥벌이의 나날에 자그마한 위로가 될 싹이 움튼다. 그것이 공부의 진정한 쓸모라고 생각한다.

물론 공부에서 위안을 얻을 수 있는 것은 어디까지나 나의 업(業)이 공부가 아니기 때문이라는 걸 알고 있다. 밥벌이라는 것은 고달프고 힘겨운 것이기에 학문을 업으로 삼은 연구자들께는 감히 '공부'와 '위로'를 한 자리에 놓는 무례에 대해 양해를 구한다.

세상을 바꾸고 싶다는 원대한 소망에서 공부하는 이유를 찾는다면 더 좋았겠지만, 아쉽게도 나의 식견은 그런 경지에는 다다르지 못했다. 세상을 바꾸기보다는 나 스스로를 변화시키는 일이 더 쉽기에, 자신을 다독여 가며 단련시키고 좀 더 나은 사람이 되는 일에서 공부의 의미를 찾고자 했다. '수신제가치국평천하(修身齊家治國平天下)'라는 말처럼 교양을 통해 분별력을 갖춘 개인이 많아지면 세상

9

서문

도 더 나은 곳으로 변하리라 믿는다.

§

교양에 대한 책을 쓰고 싶다고 오랫동안 생각했다. 추상적인 개념으로서의 교양이 아니라 '교양이란 무엇인가?'를 손에 잡히는 실체로서 보여줄 수 있는 책. 이 책에서 주로 대학 시절의 교양수업과 대학 밖 사회에서 교양이라 여기는 인문학 수업을 돌아본 것은 그 때문이다. 교양이란 완벽한 지식 체계가 아니다. 자신의 세계를 공고히하되 다른 세계가 틈입할 가능성을 열어두는 것이다. 교양이란 겹의 언어이자 층위가 많은 말, 날것의 욕망을 그대로 드러내지 않는 일, 세 치 혀 아래에 타인에 대한 배려를 넣어두는 삶의 태도이기도 하다.

그 모든 것들을, 나는 대학 강의실에서 배웠다. 읽고 쓰고 생각하는 훈련과 함께. 캠퍼스에서의 배움은 음화(陰畵)처럼, 내가 무엇을 아느냐보다 무엇을 모르는가를 뚜렷하게 하고 자아의 음역대를 넓혀주었다. 그래서 이 책은 실용이라는 구호에 밀려 교양 강의가 축소되고 팬데믹의 영향으로 강의실이 망가져 제 기능을 하지 못하고 있는 현재의 대학에 바치는 비가(悲歌)이기도 하다.

무엇보다도 "대학에서 배운 것이 아무것도 없다."라는 말이 진리로 받아들여지고 '쓸모도 없는 공부'를 가르치는 대학에 대한 갖은 회의가 넘쳐나는 이 시대에 대학에서의 공부를 통해 한 인간이 변화하고 성장할 수 있는 가능성에 대해 이야기하고 싶었다. 오랫동안 궁금했다. 왜 대학 입학 성공기를 다룬 책은 많은데, 입학 후부터 졸업까지 이르는 성장 과정을 다룬 책은 없는 걸까? 해외 대학에서 유학한 이야기를 다룬 책은 많은데, 국내 대학에서 공부한 이야기는 왜 드문 걸까? 의문을 거듭한 끝에 결심했다. 그러면 내가 한 번 써 보자고. 그리하여 이 책은 40대 직장 여성이 대학이라는 새로운 세계에서 보낸 20대 초반을 돌아보는 성장기가 되었다.

책에서는 대학에서 수강한 여러 과목 중에서 심리학개론, 종교학개론, 프랑스어 산문 강독, 독일명작의 이해 등 '교양'의 영역에 속한다고 생각하는 과목을 중점적으로 다뤘다. 내가 졸업한 학과(고고미술사학과)의 특성상 전공 과목 중에서도 대학 밖에서는 교양의 영역에 속한다 여겨지는 과목이 여럿 있기에 미술사 입문과 고고학 입문을 비롯, 몇몇 전공 과목들도 함께 다뤘다. 또한 1학년부터 4학년까지 수강한 과목을 순차적으로 나열해 독자들이 20대의 나와 함께 배우고 익히며 차근차근 성장하는 기쁨을 누릴 수 있도록 했다.

꾸준한 응원으로 내게 계속 쓸 용기를 주는 또래 독자들이 이 책을 통해 대학 시절을 다시 누릴 수 있었으면 좋겠다. 입시와 팬데믹이라는 길고 긴 터널을 거쳐 갓 대학생이 된 독자들께는 타라 웨스트오버의 책 『배움의 발견』 중 한 구절을 들려주고 싶다.

> 그 학기에 나는 진흙이 조각가에게 몸을 맡기듯, 나 자신을 대학에 맡겼다. 나는 내가 다시 만들어지고 내 정신이 새로 짜여질 수 있다고 믿었다.
>
> ― 타라 웨스트오버, 김희정 옮김, 『배움의 발견』(열린책들)에서

특정 종교의 교리에 심취해 자녀들을 학교에 보내지 않은 부모에게서 탈출해 대학이라는 공간에서 새로운 삶을 찾은 타라의 이야기에 귀를 기울인다면, 대학생이 된다는 것이 얼마나 큰 특권인지를 깨닫게 될 것이다. 그러니 새내기 대학생들에게 당부하고 싶다. 어떤 질문이든 주저하지 말고 던져보라고. 그것이 대학에서 그대들이 누릴 수 있는 가장 큰 권리이니.

신입생들로 가득 찬 3월의 캠퍼스가 그리운
2022년 봄에, 곽아람

한계

지(知)의 세계를 향한 동경

1 '획기적인' 창문을 찾아라

미술사 입문(1학년 1학기)

샤프한 인상의 젊은 교수가 칠판에 백묵으로 '劃期'라고 썼다. 날카로운 눈으로 강의실을 둘러보더니 "어떻게 읽는지 아는 사람?" 하고 물었다. 스무 명의 신입생들이 침묵에 빠졌다. 한 남학생이 "뒤의 글자는 '기'입니다."라고 말했다. "앞의 글자는?" 교수가 물었지만 그는 답하지 못했다. "'그림 화(畵)' 자 같다."고 누군가 중얼거렸지만, 교수는 고개를 내저었다. 그는 은테 안경을 치켜올리며 답답하다는 듯 말했다. "고등학교 때 한자 안 배웠나?"

잔뜩 주눅이 든 우리들에게 그는 설명을 시작했다. "앞의 글자는 '획을 긋다.'라고 할 때의 '획'이에요. 이 단어는 '획기'라고 읽습니다. 흔히들 '획기적'이라는 말을 많이 쓰는데, 앞 시대와 획을 그어 확연히 구분될 만큼 다른 시기가 왔다는 말이에요." 수업의 이름은 '미술사 입문'. 고대,

중세, 르네상스, 매너리즘, 바로크 등으로 이어지는 서양미술사에서의 시기 구분에 대한 간략한 해설 끝에 나온 이야기였다. 1999년 4월이었다.

§

1999년은 나에게 그야말로 획기적인 해였다. 그 전과는 다른 삶을 살게 된 해. 재수 끝에 원하던 대학에 합격했다. 고향 진주를 떠나 서울로 올라왔다. 부모님과 함께 살던 집을 떠나 혼자 살게 되었다. 또렷해 보이는 이 모든 것들은 표면적이다. 좀 더 본질적인 것을 이야기하자면, 대학에 입학함으로써 나는 비로소 입시를 위해 단편적인 지식을 암기하던 시대를 마무리하고 지성(知性)의 시대로 접어들었다.

"대학은 공부하는 곳이라는 걸 잊으면 안 돼." 어린 딸을 홀로 서울로 떠나보내며 걱정이 된 아버지는 몇 번이나 되풀이해서 말했다. 처음 부모 품을 떠난 해방감에 공부는 뒷전으로 하고 일탈이라도 할까 걱정되어서였다. 합리적인 우려였지만 기우(杞憂)였다. 나는 대학에서 공부말곤 하고 싶은 게 없었다. 좀 더 거창한 단어로 풀이하자면 '학문(學問)'을 하고 싶었다.

지(知)의 세계를 오래 동경했다. 그 세계를 공유할 수 있는 친구를 만나고 싶었다. 초중고 교실에서 나는 항상 별난 존재였다. 급우들과 어울리는 것보다는 혼자 책 읽는 걸 좋아했고, 수업시간에 선생님의 질문에 바로바로 답한다는 이유로 잘난 체한다고 미움을 사기도 했다. 책 많이 읽은 조숙한 아이들이 흔히 겪는 일이겠지만 늘 외토리였고 겉돌았으며, 미운 오리 새끼가 된 것 같은 느낌이었다. 대학은 나를 백조로 만들어 줄 수 있을까? 확신할 순 없었지만 가능성은 있어 보였다.

이제 도쿄로 간다. 대학에 들어간다. 유명한 학자를 만날 것이다. 취미와 품성을 갖춘 학생들과 교제하게 될 것이다. 도서관에서 연구에 몰두한다. 저술을 한다. 세상 사람들의 갈채를 받는다. 어머니가 기뻐한다.
— 나쓰메 소세키, 송태욱 옮김,『산시로』(현암사)에서

나쓰메 소세키(夏目漱石, 1867~1916)의『산시로』를 읽었을 때 이 구절에 힘주어 밑줄을 그었던 것은, 구마모토 출신으로 도쿄대에 합격해 상경하며 상상의 나래를 펼치던 산시로가 대학에 갓 입학했을 무렵의 나와 그대로 겹쳐 보였기 때문이다.

§

고고미술사학과 신입생들을 위한 전공필수 과목인 미술사 입문 강의는 월·수 아침 9시에 있었다. 신입생들을 위

17   1학년

해 선배들이 마련한 술자리가 연일 이어지던 시절, 강의실 뒷자리에서는 전날의 숙취로 인한 술냄새가 진동했다. 간혹 구토를 참지 못해 뒷문으로 뛰어나가는 학생들도 있었는데, 교수는 이런 일쯤 익숙하다는 듯 눈썹 하나 까딱 않고 수업을 진행했다. .

강의는 학문을 하겠다는 원대한 포부를 품은 신입생의 지적 호기심과 욕망을 자극하기에 제격이었다. 이해하기 쉽지 않은 어려운 이야기들로 이루어져 있었다. 첫 수업 때 교수는 강의 안내를 하면서 "실라부스를 참고하라."고 말했다. '실라부스(syllabus)'(강의계획서)라는 단어를 알아듣지 못해 순간 당황했는데, 주위를 둘러보니 다른 학생들은 다 아는지 입을 꾹 다물고 있었다. 주눅이 들었지만 그렇다고 해서 손을 들고 물어볼 용기는 없었다.

그렇지만 그런 새로운 단어들을 접하는 것이 좋았다. 그전까지 알지 못했던 것들을 배우는 것이 재미있었다. 지적 허영심도 한몫했다. '강의계획서'라고 하는 것보다 '실라부스'라고 하는 것이 좀 더 지적으로 보였다. 불어와 라틴어를 섞어 쓰면서, 제대로 알지도 못하면서 라틴어 단어를 일러 희랍어라고 뻐기는 산시로의 친구 요지로를 나는 이해할 수 있었다. 대학생이 된 기분에 우쭐한 스무 살짜리가 할 법한 일이었기 때문이다.

§

'미술(art)'의 개념을 정의하는 것으로 수업은 시작되었다. 교수는 '미술(美術)'이란 무엇이라고 생각하는가를 줄기차게 물었다. 세 번째 수업이던 3월 23일의 노트 필기에 나는 이렇게 적었다.

art: the creation or expression of what is beautiful, esp. in
  visual form; fine skill or attitude in such expression
미술: 아름다운 것의 창조나 표현, 특히 시각적 형태;
  이러한 표현에 있어서의 정교한 기술이나 태도.

미술은 '시각적'이라는 점에서 다른 예술과 구분된다고 그 시절의 나는 배웠다. 그 가르침을 듣는 순간 눈앞의 안개가 걷히고 모든 것이 명료해지는 것 같은 느낌이 들었다. 'art'라는 단어를 들을 때마다 '예술'에서 '미술'을 떼어낼 수 있는지 늘 혼란스러웠기 때문이다. 물론 시각적 형태에 중점을 둔 미술에 대한 정의는 지금의 눈으로 보면 지극히 전통적이라 할 수 있다.

개념미술의 득세가 지속되면서 사운드아트까지 미술관에 들어오게 되었고, 심지어 캐나다 설치미술가 재닛 카디프의 작품 「40성부(聲部)의 모테트」는 전시장에 스피커만 수십 대 놓고 영국 튜더 시대의 성가(聖歌)를 들려주기도 한다. 그럼에도 불구하고 여전히 미술의 핵심 요소는 시각이라 생각한다. 회화와 조각이라는 전통적인 미술 장르는 아직도 굳건한데 이들은 결국 '보는 것'이기 때문이다.

별개로, '예술'에 대한 정의 또한 열심히 외웠다. 수업 참고 교재 중 하나인 폴란드 출신 미학자이자 미술사가인 W. 타타르키비츠의 책에 적힌 정의였다.

> 예술은 사물을 재현하거나 형식을 구축하거나 경험을 표현하는 의식적인 인간행위인데 이 경우 그러한 재현, 구축 또는 표현의 산물은 기쁨이나 흥분, 충격을 불러일으킬 수 있다.
>
> — W. 타타르키비츠, 손효주 옮김, 『미학의 기본 개념사』(미술문화)에서

대한민국 대학 입시를 겪은 학생답게 혹여 시험에 나올까 봐 달달 외웠는데, 진짜로 시험에 나왔는지는 기억이 나지 않는다. 여러 과목 리포트에서 나는 이 책에서 읽은 이 정의를 즐겨 인용했다. 재현, 구축, 표현의 산물이 기쁨이나 흥분, 충격을 불러일으킬 수 있다는 구절이 특히 마음에 들었다.

§

글쓰기 과제가 많은 수업이었다. 중간·기말고사야 고

등학교 때도 있었지만 리포트를 써 내라니 진정한 대학생이 된 것만 같았다. 첫 과제는 "미술과 나"라는 주제로 A4용지 두 장 분량의 짧막한 글을 제출하는 것이었다. 미술관도 갤러리도 없는 지방 소도시에서 자랐기 때문에 내게 그때까지 미술이란 책에서 본 것이 거의 전부였다.

다른 모든 것과 마찬가지로 그림 역시 책으로 배웠다. 삼성출판사에서 나온 '그랜드 컬렉션 오브 월드 아트'라는 여덟 권짜리 화집이 집에 있었다. 르네상스, 바로크, 인상주의 미술은 물론이고 한국·중국·일본 회화까지 망라된 책이었다. 출판사에 근무하는 지인의 부탁을 거절하지 못해 아버지가 할부로 사 온 책이었는데, 부모님은 딱히 관심이 없었다. 거실 한구석에 자리만 차지하고 있던 그 책을 오직 나만 읽었다.

나는 그림이 좋았다. 그림 자체도 좋았지만 그림이 발산하고 있는 이야기들이 재미있었다. 수십 번 반복해 책을 읽다 보니 신기하게도 양식(style)이라는 것을 깨닫게 되었다. 처음 보는 그림인데도 '어, 이건 라파엘로 거네.', '이건 반 고흐잖아.' 알게 되었다. 「미술과 나」라는 글에 그런 이야기를 썼던가? 정확히 기억나지 않는다. 대학 때 작성한 대부분의 리포트 파일을 가지고 있지만 그 파일만은 없다.

학기가 끝나기 전 국립중앙박물관과 국립현대미술관, 간송미술관과 환기미술관을 다녀와 소감문을 작성해 내라는 과제도 기억난다. 다른 박물관, 미술관이야 연중 개관하는 곳이었지만 당시 1년에 두 번만 열었던 성북동 간송미술관을 다녀오는 것이 특히 어려운 과제로 여겨졌다. 봄 전시 첫날인 5월 16일 처음 간송미술관을 찾아 「금강산 진경전(金剛山眞景展)」을 보았다. 교과서에서만 본 겸재(謙齋) 정선(鄭敾, 1676~1759)의 「금강전도(金剛全圖)」까지 나온 화려한 전시였지만, 간송미술관이 처음인 대학 신입생에겐 어려운 전시였다. 소감문에 이렇게 적었다.

어려웠다. 한국화는, 우리 것임에도 불구하고 서양화보다 오히려 어렵다. 필법과 준법, 원근법 등을 정확히 알지 못한 때문인지 그 그림이 그 그림 같을 뿐이다. 무지한 탓으로 별다른 감흥을 느끼지 못했다는 것이 솔직한 감상이었다. 더 보아봤자 머리만 아플 것 같아 포기하고 전시실을 나왔다.

대학 1학년 때의 글을 다시 읽으며 너무나도 솔직한 무지의 고백에 실소했다. "지금 알고 있는 걸 그때도 알았더라면"이라는 류시화 시집 제목을 떠올렸다. 그리고 이내 고개를 저었다. 지금 알고 있는 걸 그때는 몰랐기 때문에 나는 무서운 속도로 대학을, 새로운 것들을 빨아들였다.

§

르네상스 건축가이자 이론가인 레온 바티스타 알베르티(1404~1472)는 『회화론』에서 그림을 프레임을 가진 일종의 '창문'으로 보았다. 그림은 창 밖으로 보이는 것의 재현이라는 의미에서 원근법 등을 설명했다. 그는 특정 주제만 특별히 그려질 가치가 있다고 생각했는데, 이를 'istoria'라 불렀다.

대학노트 열한 장을 앞뒤로 꽉 채우고 네 줄을 더 적어 기록한 그 수업에서 20여 년이 지난 지금까지 가장 기억에 남아 있는 것은 '미술사의 아버지' 빙켈만도, 도상학의 대가 파놉스키도 아니다. '획기'의 뜻과 알베르티의 '창문 이론'이다. '획기'를 알게 된 4월 6일에 이 이론에 대해서도 들었다고 나는 수업 노트에 기록했다. 이론의 복잡성과 상관없이 당시 나는 창(窓)이란 말이 무척 아름답다 여겼다. 그림은 내게 항상 세상을 보는 창이 되어주었으니까.

자신의 창으로 본 세계를 재현하는 화가와는 정반대의 관점에서, 나는 철저한 관람객으로서 그림이라는 창을 들여다보고 있었다. 화가가 제시한 세계를 내 것으로 만들어서 나만의 이미지로 마음속에 차곡차곡 저장해 놓았다. 활자로 이루어져 있는 책이라는 또 다른 창과 달리 색채와 선, 형태로 이루어진 보다 명료하고 더 다채로운 세계. 그렇지만 책과 마찬가지로 상상력의 여지가 충분한 세계. 지금도 그림을 볼 때면 창문을 생각한다. 활짝 열린 커다란 창문 사이로 바람이 불어 들어오고 섬세한 레이스 커튼이 나부끼는 풍경이 연상된다. 그렇게 그 수업은 나에게 새로운 세상과 새로운 시대를 열어주었다. 획기적인 창문이었다.

알베르티의 『회화론』은 아직 읽어보지 못했다. 그렇지만 '획기'라는 단어에 대해서는 자주 생각한다. 그 단어를 떠올리면 커다란 흰 캔버스의 가운데에 굵고 검은 줄이 단호하게 그어져 있는 이미지가 연상된다. 줄 위의 세계와 줄 아래의 세계는 완전히 다른 세계라는 걸 나는 알고 있다. 마치 대학에 입학하기 전의 세계와 입학한 후의 세계처럼……. 인생의 한 챕터를 마치고 다음 챕터로 넘어갈 때마다 생각한다. '이건 획기적인 일이잖아.' 새로운 세계와 묵은 세계 사이에 굵고 확실한 선을 긋고, 후회 없이 나아가리라 마음먹는다.

나는 책장을 뒤져 수업 참고 교재였던 오래된 책들을 살펴본다. 곰브리치의 『서양미술사』와 로리 슈나이더 애덤스의 『미술사 방법론』, 케임브리지대학에서 나온 여덟 권짜리 『서양미술사 강좌』, 실반 바넷의 『미술품의 분석과 서술의 기초』, W. 타타르키비츠의 『미학의 기본 개념사』……. 어떤 책들을 쓰다듬으면 마음이 아프다. 그 시절 지식에 대한 나의 기갈(飢渴)이 느껴져서다.

수업 참고 교재를 고지받으면 그 누구보다도 빨리 도서

관으로 달려갔다. 지방 출신 유학생들은 다 마찬가지였겠지만, 주머니 사정은 항상 빠듯했고 책을 선점해야 사지 않고서도 과제를 작성하고 시험공부를 할 수 있었다. 수업 필수 교재는 샀지만 아닌 책들은 도서관에서 빌려 읽었다. 나중에 취직해서 돈을 벌게 되었을 때, 서점으로 달려가 오래 굶은 사람이 허기를 채우듯 빌려 읽을 수밖에 없었던, 끝내 내 것이 될 수 없었던 그 책들을 샀다.

수업 교재
수잔 우드포드 외, 『서양미술사 강좌』(예경), 전 8권
E. H. 곰브리치, 『서양미술사』(예경)
실반 바넷, 『미술품 분석과 서술의 기초』(시공사)
로리 슈나이더 애덤스, 『미술사 방법론』(조형교육)
마크 로스킬, 『미술사란 무엇인가』(문예출판사)
W. 타타르키비츠, 『미학의 기본 개념사』(미술문화)

레온 비추코프스키, 「창문」(1933)

지금도 그림을 볼 때면 항상 창문을 생각한다. 활짝 열린 커다란 창문

사이로 바람이 불어 들어오고 섬세한 레이스 커튼이 나부끼는 풍경이

연상된다. 그렇게 그 수업은 나에게 새로운 세상과 새로운 시대를

열어주었다. 획기적인 창문이었다.

2 기억과 마음에도 층위(層位)가 있다

고분(古墳)의 능선을 사랑한다. 매끄럽고 부드러운 선을 눈으로 쓰다듬고 있노라면 나 자신이 아주 오래된 토기 조각처럼, 보잘것없으나 오롯하여 초라하지는 않은 존재가 된 기분이 든다. 마침 담 너머로 오래된 무덤의 잔등이 슬며시 비져나온 선정릉(宣靖陵) 인근의 서점에서 이 글을 쓰고 있다.

사람들은 오래된 무덤을 보면서 어떤 생각들을 할까? 나는 보통 '어떻게 하면 망자(亡者)에게 최대한 누 끼치지 않고 깔끔하게 저 무덤을 가를 수 있을까?' 생각한다. 오래전 잠시나마 고고학도였던 흔적이 기묘한 방식으로 나에게 남아 있다. 고고학도란 무덤의 집도법을 배운 적이 있는 사람, 발굴장에서 시간을 보내본 사람, 시간의 층위에 대해 고민해 본 사람이다.

다시 무덤으로 생각을 옮긴다.『고고학 입문』교재를 들춰 발굴 방법에 대해 설명한 부분을 살펴본다. 고분을 발굴할 때는 사분법(quadrant method)을 쓴다고 대학의 첫 학기 때 배웠다. "원형의 봉분이 있다면 우선 원점 중심으로 봉분을 사등분한 후 서로 엇갈려 마주보는 부분을 차례로 발굴한다. 이때 폭이 50센티미터, 1미터, 또는 그 이상의 둑을 남기는데, 이 둑에는 봉분의 퇴적 상태를 잘 나타내 주는 층위가 명확히 나타나므로 봉분의 축조 단계를 파악할 수 있는 훌륭한 발굴 방법이 될 수 있다."라고 받아적었다.

이 이론을 배운 후 케이크를 자를 때면 학과 친구들과 "사분법으로 잘라보자. 둑은 남겨야 하는 거 알지? 그래야 층위가 보이잖아."라며 떠들곤 했다. 중간고사에 반드시 나올 것 같아서 열심히 외웠던 이론이지만 실제로 써먹을 일은 없었다. 무덤은 상상 속에서만 여러 번 갈라보았다.

고고학자가 주인공으로 나오는 강석경 소설『내 안의 깊은 계단』에 이런 구절이 있다.

길 하나를 사이에 두고 발굴지의 이천 년 전 무덤들과 현대의 무덤이 공존하고 있다. 고고학도인 강주가 늘 대하는 주검은 그저 삶의 한 양상이지만, 양지바른 무덤을 보면 그 옆에 누워 담배라도 한 개비 피우고 싶어진다. 층층이 쌓인 삶의 각질과 죽음, 시간이라는 보이지 않는 강물 속에 인류가 그렇게 흘러가고 있다. 오늘도 주검을 거두며 시간의 강은 살쪄가는 것이다.

— 강석경, 『내 안의 깊은 계단』(창작과비평사)에서

§

교수는 강의실에 거의 없었다. 수업은 TA(Teaching Assistant)라 불리던 조교 언니가 했다. 아침 수업을 들으러 바삐 뛰어가노라면 꼭 몇 발짝 앞에 등까지 내려온 윤기 있는 긴 머리카락을 찰랑이며 수업 준비를 하러 가는 조교 언니의 뒷모습이 보였다.

그 수업 시간에 발굴법과 함께 유물의 연대 판정법을 배웠다. 'C포틴 메소드'라 불렀던 방사성 탄소 연대 결정법이 아직도 기억난다. 윌러드 프랭크 리비라는 미국 화학자가 개발한 이 방법은 대기 중의 방사성 탄소($C14$)가 생명체에 흡수되었다가 생명체가 죽으면 일정한 비율로 감소하는 현상을 이용하는 연대 측정법인데, $C14$의 반감기는 5,730년이라고 했다.

'미술사 입문' 시간에 '미술사의 아버지'라 배운 독일 학자 요한 요하임 빙켈만(1717~1768)이 '고고학의 아버지' 이기도 하다는 것도 배웠다. 18세기 유럽에서 팽배한 호고주의(好古主義)는 고대 그리스 시대 옛 유물에 대한 관심을 불러일으킨다. 고고학과 미술사는 이 시기, 고대 유물을 단순히 애호하고 수집하는 것에서 벗어나 역사적인 관점에서 체계적으로 해석할 필요에 의해 싹튼 쌍둥이 학문이다.

§

더 중요한 것들은 강의실이 아니라 산 위에서 배웠다. 정확히 말하자면 발굴장에서 배웠다. 주말이면 아차산에 올랐다. 낙성대역에서 2호선 지하철을 타고 구의역에 내려 산 꼭대기 발굴장까지 헉헉대며 올라가면 여러 개의 트렌치(발굴 조사용 구덩이)와 함께 유구(遺構)가 펼쳐졌다. 당시 우리 학교 박물관은 아차산성을 발굴 중이었다.

'사이트마스터'라 불리는 현장 총책임자 대학원 선배는 좌중을 압도하는 카리스마와 매서운 눈빛을 지닌 사람이었다. 그가 목장갑과 함께 트라울(trowel)이라 부르는 자그마한 삽 하나씩을 던져 주면 우리는 하루 종일 흙구덩이 속에서 땅을 팠다. 아무것도 모르는 신입생이 한 사람 몫을 할 리도 없었고, 딱히 작업에 도움이 되는 것 같지도 않았지만 그래도 선배들은 소소한 일거리를 주었다. 그것이 그들이 후배에게 베푸는 애정의 다른 이름이었다는 건 세월이 많이 흐르고 나서야 알았다. 대책 없이 파도 뭐라도 나왔다. 주로 깨어진 토기 조각이었다. '수원 화성에 발굴을 갔던 선배는 금귀걸이가 나온 걸 본 적도 있다는데 왜 여기는 매일 재미도 없는 토기 조각일까, 언젠가 나도 금붙이 같은 걸 파낼 날이 있을까?' 생각하면서 파고 또 팠다.

트렌치에 들어가 지층의 단면을 살펴보는 걸 좋아했다. 켜켜이 쌓인 지층의 빛깔이 다른 것은 지층마다 누적된 시간이 다르기 때문이다. 층위마다 다른 시간과 역사, 문화와 삶이 녹아 있다는 사실이 신비로웠다.

§

학교 박물관에 꾸준히 나갔던 것은 외로웠기 때문이었다. 재수생이라 동기들보다 한 살 더 많았는데 그래서 어울리기가 힘들었다. 한 살 차이가 당시의 내겐 커다란 차이로 느껴졌다. 신입생을 2학년 선배가 챙기는 대학의 문화도 영 불편했다. 전년도에 같은 과에 응시했다 떨어졌기 때문에, '내가 작년에 시험만 좀 더 잘 봤어도 쟤들이랑 동기일 텐데.' 하는 생각이 늘 마음속에 있었다. 나이도 같은데 '선배'라 부르며 존댓말을 쓰는 것도, 꼬맹이 취급을 당하는 것도 자존심이 상했다. 운동권 선배들이 집회니 뭐니 해서 불러냈지만 일절 발을 들이지 않았다. 집단의 이름으로 강제되는 모든 활동을 혐오했다. 마임이니 구호니 행진이니 하는 것들도 딱 질색이었다.

여하튼 대학 신입생 때의 나는 늘 혼자였다. 그래서 박물관에 나갔다. 박물관의 선배들이 "언제든 오라."고 다정하게 말해 주었기 때문에, 얼굴을 비칠 때마다 반겨주는 사람들이 있어서였다. 지금 생각해 보면 그들은 고고학을 계속할 학문 후속 세대를 찾고 있었던 거였겠지만 나는 갈 곳이 없어서, 소속감을 느끼고 싶어서 방과 후엔 항상 박물관으로 향했다.

농 삼아 스스로를 '사이트마스코트'라 칭하던 4학년 선배 언니가 토기 세척법과 복원법, 실측법 등을 가르쳐주었다. 그해 학교 박물관에선 아차산 4보루 발굴 결과 출토된 유물 복원 작업이 한창이었다. 아차산 4보루는 남한 지역에서 보기 드문 고구려 유적이다. 어느 겨울날 저녁에 고무 양동이 한가득 차가운 수돗물을 담아와 맨손으로 토기를 헹구던 기억이 난다. 토기를 세척하고 나니 손에 흙물이 들어 있었다. 그 느낌이 싫지 않았다. 흙물이 손에 말라붙어 머드팩처럼 얇은 더께가 앉은 걸 보고 있자니 그 토기를 사용했을 아주 옛날 사람들과 잠시나마 한 지층에 있는 것 같은 느낌이 들었다.

20여 년의 세월이 흘렀지만 지금도 나는 한눈에 고구려 토기를 알아볼 수 있다. 어깨가 좁고 몸통이 길어 장동호(長胴壺)라 불리는 항아리. 좁고 각진 어깨와 직선에 가깝게 떨어지는 긴 허리선이 달리는 말 위에서 허리 꺾어 거침없이 활을 쏘는 고구려인처럼 야성적인 기형(器形). 「빗살무늬 토기의 추억」이라는 김훈 소설을 보았을 때 생각했다.

"고구려 장동호의 추억"이라면 나도 쓸 수 있을 텐데.

§

"인디아나 존스처럼 되고 싶었던 거야?" 고고학을 전공했다고 하면 많은 사람들이 이렇게 묻지만, 아직까지도 「인디아나 존스」 영화를 본 적이 없다. 많은 대한민국 고3들처럼 대학과 학과를 성적 맞춰 정했다. 아버지는 법대를 보내고 싶어 했고, 나는 국문학과에 가고 싶었다. 시험 결과 결국은 인문대 내에서 승부를 봐야만 했다.

국문학을 전공한 아버지는 딸이 국문학도가 되는 걸 반대했다. "더 이상 즐기면서 책을 읽을 수 없다."는 이유에서였다. 그러면서 고고미술사학과에는 의외의 호감을 보이셨다. 정확히는 고고학에 대한 호감이었다. "Y(아버지 친구)가 그 과를 나왔잖아. Y를 보고 깨달았지. 내가 정말로 하고 싶었던 공부는 이거였는데!" '내가 정말로 하고 싶었던 공부는 이거였는데!'라는 말은 알고 보니 뒤늦게 우리 과의 존재를 알게 된 많은 사람들이 하는 말이었는데, 어쨌든 그날의 아버지는 눈을 반짝이며 말했다. "정원도 스무 명밖에 안 되잖아. 졸업하면 완전 전문가 집단이 되는 거라고!"

박물관은 내게 익숙한 장소였다. 작은 도시 진주에서 국립박물관은 보기 드문 문화 시설이었다. 지금은 임진왜란 특별관으로 콘셉트가 바뀌었지만 내가 어릴 적만 해도 집 모양 토기를 비롯한 가야 유물들이 많았다. 어두컴컴하고 서늘한 박물관 안을 돌아다니는 걸 좋아했다.

박물관 1층 로비에 고대의 묘(墓)가 재현돼 있었다. 2층으로 올라가는 계단 난간에서 묘를 내려다볼 수 있도록 한 구조였다. 진짜 해골이 누워 있는 걸까? 무덤 안이 무척 궁금했지만 까치발을 해도 안을 들여다보기엔 역부족이었다. 오직 그곳에서 뿜어져 나오는 희미한 불빛만 감지할 수 있었다. 무덤은 안을 볼 수 없어 더 신비로운 존재였다.

전시실 진열장에 각종 부장품(副葬品)이 놓여 있었다. 금귀걸이와 갖가지 빛깔의 곡옥목걸이가 있는 전시실이 가장 흥미로웠다. 트로이아를 발굴한 하인리히 슐리만(1822~1890)의 위인전을 읽었을 때, 슐리만이 무덤에서 꺼낸 목걸이를 아내 소피아의 목에 걸어주는 장면에서 나는 박물관에서 본 귀걸이와 목걸이를 직접 걸어보는 상상을 했다.『내 안의 깊은 계단』에서 강주의 약혼녀 이진은 강주에게 곡옥목걸이를 선물받고 싶다고 말하는데, 고고학도를 애인으로 둔 여자가 누리고 싶어 할 법한 낭만이라 생각한다.

§

봄에, 발굴장에 벚꽃이 후두둑 떨어졌다. 벚꽃은 트렌치 안에도, 밖에도 쌓여서 인간이 손댄 흔적을 여리고 아름다운 방식으로 무화시켰다. 낮에는 기계처럼 일만 하던 선배들이 밤이 되자 술에 취해 "네가 오늘 토기 조각을 파내던 그 자리에 벚꽃잎이 쌓이는데 말이야…… 그게, 그게 미치겠더라고."라는 넋두리를 늘어놓았다. 돌이켜보면 많아야 겨우 20대 후반. 주말에 발굴장에만 박혀 있기엔 아까운 청춘들이었다. 벚꽃은 빗물에 이내 쓸려가 없어졌고, 선배들은 다시 멀쩡한 얼굴로 발굴장에 나갔다. "너 그러면 정말 묻어버린다!" 같은 썰렁한 농담을 주고받으며.

1학년이 지나가고 2학년이 되었다. 어느 순간부터 나는 더 이상 박물관에도 발굴장에도 나가지 않았다. 고고학은 내 길이 아니라는 걸 어렴풋이 깨달았기 때문이다. 고고학과 미술사 중 전공을 택해야 하는 시점이었는데 미술사 쪽이 좋았다. 박물관에 끝까지 남은 선배들과 친구는 훌륭한 고고학자가 되었다. 흙과, 땅과, 땀과, 무덤을 택한 그들을 존경한다.

오랫동안 책장에 꽂아두고 있던 발굴보고서는 얼마 전에 모두 버렸다. 한 권만은 버리지 못했다. 2000년 10월 서울대학교 박물관과 구리문화원에서 펴낸 『아차산 제4보루 발굴조사 종합보고서』다. 「서언(序言)」에 이런 문장이 있다. "유물과 복원과 실측은 (……) 학부생 곽아람, 최○○ 등이 수고하였다." 내 이름이 실린 최초의 책. 내가 서툴게 실측

오귀스트 르누아르, 「피아노 치는 소녀들」(1892)

사람을 사귈 때면 항상 마음속 지층을 가늠해 본다. 이 사람은 어느 층위까지
내게 보여줄 것이며, 나는 내 안의 어떤 층위까지 그를 허용하고 인도할 것인지
궁금해진다.

하고 사이트마스터 선배가 거듭 수정한 도면이 몇 장 수록 돼 있을 것이다.

사이트마스터 선배는 도무지 진전이 없는 나의 토기 실측을 지도하다 "너 때문에 울화가 치민다."며 자리를 박차고 일어나더니 곧 돌아와 사과했다. 세월이 많이 지나 내가 뉴욕대학교 방문연구원으로 있고 그가 메트로폴리탄박물관에 파견 가 있던 시절, 오랜만에 만나 그 이야기를 하며 놀렸더니 '내가 그랬었나?' 겸연쩍어했다.

중정(中庭)이 아름다운 메트(MET)의 리먼컬렉션 전시실에 비스듬한 햇살이 서정적으로 내리쬐던 날, 그와 나란히 앉아 르누아르의 「피아노 치는 소녀들」을 바라보며 담소를 나누던 어느 오후가 선명하게 기억난다. 한때의 고고학도는 안다. 기억과 마음에도 층위(層位)가 있다는 것을. 나는 종종 '내 안의 깊은 계단'을 걸어 내려간다. 층위마다 켜켜이 쌓인 묵은 이야기들을 헤집어 꺼내 헹군다. 깨어진 토기 조각을 이어 붙이듯, 복원한다.

사람을 사귈 때면 항상 마음속 지층을 가늠해 본다. 이 사람은 어느 층위까지 내게 보여줄 것이며, 나는 내 안의 어떤 층위까지 그를 허용하고 인도할 것인지 궁금해진다. 층위마다 차곡차곡 고인 슬픔과 눈물과 어두움과 절망과 상처와 고통, 기쁨과 웃음과 약간의 빛의 흔적……. 나는 손을 내밀며 상대에게 묻는다. 더 깊은 곳까지 함께 내

려가 주겠냐고, 그 어떤 끔찍한 것을 보게 되더라도 도망치
지 않을 수 있겠냐고.

수업 교재

김원룡, 『한국고고학개설』(일지사)

이선복, 『고고학개론』(이론과실천)

3 언어 공부, 감각을 일깨우다

봄에, 티파사에는 신들이 산다. 신들은 태양 속에서, 압생트의 향기 속에서, 은빛 갑옷을 입은 바다에서, 자연의 빛깔 그대로의 푸른 하늘에서, 꽃으로 덮인 폐허에서, 그리고 돌무더기 안에서 커다란 거품으로 부서지는 빛 속에서 말한다.

Au Printemps, Tipasa est habitée par les dieux et les dieux parlent dans le soleil et l'odeur des absinthes, la mer cuirassée d'argent, le ciel bleu écru, les ruines couvertes de fleurs et la lumière à gros bouillons dans les amas de pierres.

— 알베르 카뮈, 「티파사에서의 결혼」에서. 번역은 내가 한 것이다.

내게 카뮈는 이런 문장들로 기억된다. "오늘, 엄마가 죽었다."라는 『이방인』의 유명한 첫 문장이 아니라, 꽃 피는 봄에 대한 문장이자 신(神)에 대한 문장, 아찔한 열기와 향기에 대한 문장이자 흰 이빨 같은 포말을 머금은 바다에 대한 문장, 낡아 아름다운 폐허에 대한 문장으로. 정확히 말하자면 "봄에, 티파사에는……"이 아니라 "Au Printemps, Tipasa est habitée……"라는 원문으로 기억한다.

3학년 2학기 '프랑스 산문 강독' 시간에 알베르 카뮈 (1913~1960)의 산문집 『결혼(Noces)』(1939년)을 원서로 읽었다. 이 산문집의 첫 글 「티파사에서의 결혼」이 저 문장으로 시작한다. 티파사는 알제리의 해변 도시인데 고대 카르타고 유적으로 유명한 곳이다. 알제리에서 나고 자란 카뮈는 티파사를 사랑했지만 "절대 하루를 넘도록 티파사에서 머무르지는 않았다. 어떤 것을 충분히 보려면 오랜 시간이 필요하듯이, 어떤 풍경을 너무나 봐버리는 순간이 언제나 오게 마련"이므로.

시간이 많이 흘렀기 때문에 저 문장들을 어떻게 매끄럽게 발음하는지는 많이 잊었다. 나는 조심스럽게 문장을 읽으며 생각한다. '티파사 에 아비테'가 아니라 '티파사 에 자비테'였던 것 같은데 맞는 걸까? 불어의 리에종(liaison, 연음)은 예나 지금이나 무척 어렵다. 그렇지만 때때로 저 문장들을 입 안에서 굴려본다. 온몸의 털끝 하나하나까지 곤두세우는 예민한 감각을 느끼고 싶을 때, 자연 그대로의 육체를 햇볕 아래 내어주고 마냥 쾌락에 취하고 싶을 때, 정신을 아득한 끝자락까지 몰고 가는 향기에 전율하고 싶을 때…… 불어는 감각의 언어라고 나는 생각한다. 순전히 카뮈의 『결혼』 때문이다.

수업 시간에 읽은 『결혼』을 아직 가지고 있다. 갈리마르출판사 판본인데, A4용지에 책을 복사하고 스테이플러로 찍은 프린트물 형태다. 원서 구하기가 쉽지 않았던 시절, 대학에서는 종종 이런 식으로 교수가 가지고 있던 책을 복사해 학생들에게 나눠 주었다. 프린트물의 첫 장에 적힌 제목 "Noces"의 위에 f.라고 적어 단어의 성별이 여성임을 표시하고, 아래에 발음기호를 적어놓은 대학교 1학년 때의 나. "자연과 인간 사이의 결혼"이라고 적은 아래엔 "이방인: 자연과 인간 간의 divorce"라는 보충 설명까지 덧붙여 적어놓았다. 고등학교 졸업한 지 얼마 안 되는 모범생답게 착실하게 선생님의 설명을 받아 적은 셈인데, 그 덕에 20년이 지난 지금까지도 수업 시간에 배운 내용을 기억할 수 있으니 종종 비웃음의 대상이 되곤 했던 세상의 모든 '범생이'들에게 경의를!

§

고등학교 때 제2외국어로 불어를 배웠다. 불어반과 독어반을 선택할 수 있는 학교도 있었지만, 내가 다닌 여고에서는 선택의 여지 없이 불어만 가르쳤다. 보통 여학교에서는 불어, 남학교에서는 독어를 배우던 시절이었다. 불만은 없었다. 페미니즘에 대한 생각이 싹트기 전의 일이라 '여자답게' 불어를 배우는 걸 당연하게 여겼고, 온갖 소설에서 아름다운 언어이자 멋있는 언어이자 어려운 언어로 묘사되던 불어에 대한 동경도 있었다.

지경사에서 나온 에니드 블라이튼의 『말괄량이 쌍둥이』시리즈를 즐겨 읽었는데, 영국 소녀들이 기숙학교에서 불어를 배우면서 골머리를 앓는 이야기, '마드무아젤'이라 불리는 불어 선생님을 골탕먹이는 이야기들이 무척 재미있었다. 유럽 귀족들 사이에서 공용어로 통했던 불어를 마리 앙투아네트가 어려워했다는 일화도 흥미를 자극했다.

이처럼 불어에 대한 여러 '로망'이 있었지만, 막상 고등학교에 들어가서는 실망했다. 동사변화는 어렵고 딱딱해 상상의 여지라곤 없었고, 교과서 위주의 수업은 지루했다. 심지어 수능 시험에는 포함되지도 않은 과목이라 내신용으로 정말 대충 배웠다. 불어를 배우면 샹송을 즐겨 부르는 낭만적인 파리지엔이 될 것 같았는데, 현실은 단어만 암기하는 기계일 뿐이었다. 나는 불어에 대한 흥미를 잃었다.

그렇지만 불어와의 인연이 끝난 건 아니었다. 대학에 입학해서도 불어는 여전히 나를 따라다녔다. 인문대의 경우 졸업을 하려면 논문과 함께 일정 수준의 외국어 능력을 갖춰야만 했다. 제2외국어는 인문대 자체 졸업시험을 통과하거나 관련 과목을 세 과목 이상 들어서 일정 성적(A⁰였는지 B⁺였는지는 기억이 나지 않는다.)을 받아야만 했다. 이번에도 선택의 여지가 없었다. 갑자기 독어를 배워 시험을 치러낼 자신은 없으니, 하던 걸 계속하는 수밖에. 졸업할 때까지 잊어버리지 않고 시험을 통과하기 위해서건, 과목 이수를 해서 졸업 요건을 채우기 위해서건, 불어 수업을 계속 들을 수밖에 없었다.

§

1학년 2학기 때 당장 '불어1'을 수강했다. 대학의 수업은 뭔가 다를 거라 기대했는데 웬걸, 고등학교 때랑 똑같았다. 교과서 이름만 '고등학교 Le Français(불어)'에서 '대학 교양불어'로 바뀌었을 뿐이다. 수능 공부한다고 제쳐놓으면서 다 잊어버렸던 명사의 성(性)과 동사변화를 다시 외워야만 했다. 또다시 따분한 암기의 시작이었다.

"파리에서(A Paris)"라는 주제로 대학 수업의 제1과는 시작했다. "부아시 윈 플라스(Voici une place.)"(여기 광장이 있습니다.), "세 라 플라스 드 라 바스티유(C'est la place de la Bastille.)"(그것은 바스티유 광장입니다.), "엘 레 아 파리(Elle est à Paris.)"(그녀는 파리에 삽니다.)…… 이런 문장들을 되풀이하며 읽고, 외우고, 받아 적고, 번역하고 있자니 다시 고등학생이 된 것 같은 기분이었다.

외국어는 결국 단어와 문법 싸움이고 그 입구엔 지겨운 암기의 과정이 있을 수밖에 없다는 걸 깨닫지 못했던 시절이었다. 중학교 때 해외 펜팔에 몰두하면서 영어를 놀이처럼 배웠다는 게 나의 맹점이었다. 공부한다 생각하지 않았는데 영어 실력이 급상승했기 때문에 노력의 중요성을 잊게 되었다. 의식하지 않았을 뿐 단기간에 작문 및 독해 등에서 엄청난 노력을 한 셈이었는데, 그 노력은 친교의 재미에 가려져 보이지 않았다. 영어처럼 다른 외국어도 단번에 잘할 수 있을 거라 생각했는데, 그게 잘되지 않자 재미가 없었다. 영어 이후 시작한 모든 외국어를 지루함을 이기지 못해 초급 단계에서 접고 만 건, 돌이켜보면 영어를 쉽게 배운 대가로 지불한 세금이었던 것 같다.

어쨌든 별 수 없이 "봉주르 기, 코망 사바?(Bounjour Guy. Comment ça va?)"(안녕 기. 잘 지냈니?) 같은 문장을 다시 배우고 복잡한 시제를 외우며 나의 불어 공부는 제2막을 열었다. 인문대에서 요구하는 제2외국어 능력이란 그 언어로 된 책과 논문, 즉 텍스트를 읽어내는 능력이었기 때문에 회화에는 욕심을 내지 않았다.

곱은 손을 비비며 불기 없는 싸늘한 교실에 앉아 불어 교과서를 들여다보던 학기 막바지의 겨울이 생각난다. 수업을 맡은 이는 막 유학을 마치고 돌아온 불문과의 여자

강사였다. 불어로 말할 때면 멋들어진 비음(鼻音)을 썼고, 세련된 스카프를 즐겨 둘렀다. 수업은 재미없었지만, 동경하던 파리지엔을 마침내 만나게 되었다는 자그마한 기쁨은 있었다.

기말시험을 보던 날이었다. 강사는 감독을 하며 교실 안을 천천히 걷고 있었다. 시험문제를 푸느라 잔뜩 긴장해 앉아 있는 내 곁을 그녀가 스쳐 지나갔다. 초콜릿 향기가 확, 풍겼다. 짙고 달콤하며 매혹적인 향기. 차가운 대기와 맞부딪친 향의 입자가 형체는 없지만 묵직한 막을 형성하며 일순간 나를 둘러쌌다. 뜨겁고 진한 초콜릿 음료가 목구멍을 통해 꿀꺽 넘어가며 따뜻하게 뱃속을 데우는 것만 같은 착각에 사로잡혔다.

로알드 달의 『초콜릿 공장의 비밀』을 처음 읽었을 때와 비슷한 느낌. 달콤하고 유혹적인데, 어딘지 모르게 위로가 되는 냄새였다. 불어를 '감각의 언어'라 느끼게 된 것은 그때부터였다. 그 향수의 이름은 지금까지 모른다. 여러 향수를 뿌려보았지만 아직 그만큼 인상적인 향을 경험해 본 적이 없다. '불란서의 향'이라고 당시의 나는 생각했다.

§

번듯한 불문학 텍스트를 읽게 된 것은 그로부터 2년이 지나서였다. '불어1' 수강을 마치고, '불어2' 수업에서 다시 단어와 문법 암기를 반복하며 교과서에 실린 한 바닥짜리 짧막한 글들을 읽은 이후였다. 졸업시험을 보기에는 충분할 것 같았는데 한 걸음 더 나아갈 것인가, 여기서 그만둘 것인가 고민하다 프랑스 산문 강독 수업에 도전하기로 결단을 내렸다.

그리고 카뮈를 만났다. 한 학기 동안 사전을 찾고 밑줄을 그어가며 『결혼』을 원어로 완독했다. 이름은 기억나지 않고 얼굴만 희미하게 떠오르는 강사의 지도 아래 「티파사에서의 결혼」으로 시작해 「제밀라의 바람」, 「알제의 여름」, 장 그르니에에게 헌정한 「사막」을 읽었다. 이번에는 지루하지 않았다. 맥락을 고민하며 이해한 단어는 억지로 외우지 않아도 내 것이 되었다. 무겁고 어려운 작가로만 여겼던 카뮈의 글을 원어로 읽고 있다는 데 대한 성취감과 환희가 있었다. 풍경과 심경에 대한 섬세한 묘사, 세계와 자신, 인간에 대한 고찰과 애정에 나는 매료되었다.

Non, ce n'était pas moi qui comptais, ni le monde, mais seulement l'accord et le silence qui de lui à moi faisait naître l'amour. Amour que je n'avais pas la faiblesse de revendiquer pour moi seul, conscient et orgueilleux de le partager avec toute une race, née du soleil et de la mer, vivante et savoureuse, qui puise sa grandeur dans

sa simplicité et debout sur les plages, adresse son sourire
complice au sourire éclatant de ses ciels.

아니, 중요한 것은 나도, 이 세계도 아니다. 다만 그로
부터 나에게로 사랑을 탄생시키는 화합과 침묵이다.
나는 그 사랑이 오직 나만을 위한 것이라고 요구할 만
큼 나약하지 않았다. 태양과 바다로부터 태어난 활기
차고 재미있는, 자신의 단순함 속에서 위대함을 길어
내는, 그리고 바닷가에 우뚝 서 은밀한 동조의 미소를
하늘의 눈부신 미소에 던져 보내는 이 종족 모두와
사랑을 나눈다는 자각과 자부심이 있었으므로.

— 알베르 카뮈, 「티파사에서의 결혼」에서. 번역은 내가 했다.

그 수업 덕에, 『결혼』이 결혼생활에 대한 단상이 아니
라 인간, 혹은 인간이 만든 것들과 자연의 결합에 대한 은
유라는 것을 배웠다. 20대의 카뮈는 생(生)에서 오는 감각
을 뜨겁게 사랑했다는 걸 알게 되었다. 그리고 불어든 무엇
이든 단번에 잘할 수는 없다는 것을, 시간을 들여 차곡차
곡 쌓아가는 과정의 힘을 깨닫게 되었다.

무사히 학부를 졸업하고 대학원 석사과정 입학시험도
불어로 보았지만, 여전히 불어를 잘 못한다. "Parlez-vous
français?"(불어 할 줄 아십니까?)라는 질문에는 항상 교과서
에서 배운 대로 "Un peu."(조금)라고 답한다. 시험공부하며

프랑스 화가 알베르 마르케(1875~1947)가 그린 알제리 풍경

그나마 붙들어놓은 독해 능력도 이젠 거의 바닥났다. 그 이후로 카뮈를 깊이 읽은 적도 없다. 실존주의 문학을 이론적으로 설명할 수도 없다.

그렇지만 카뮈가 말하는 실존이 무엇인지 감지할 수는 있다. 굶주린 짐승이 먹이를 잡아채는 것처럼 삶에 대한 맹렬하고도 동물적인 감각이라는 것을 나는 알아챈다. 한창 두뇌 활동이 왕성한 20대에 더듬거리며, 서툴게나마 『결혼』을 끝까지 원어로 읽었기 때문이다. 번역서의 문장들은 매끄럽고 아름답지만 내 것이 아니므로 관념적이고 피상적이다. 원어로 읽으면 다르다. 날것 그대로의 뜻을 곱씹게 되므로 구체적으로 내 것이 되어 손에 잡힌다. 몽환적이고 나른한 구석이 있으면서도 격렬하게 살이 부딪치고 실핏줄이 터져 뜨거운 피가 튀는 것 같은 생동감이 깃든 글이라고, 나는 『결혼』을 기억한다.

종종 티파사의 향기에 대해 생각한다. "목구멍을 사로잡고, 열기 속에서 발효되어 땅에서부터 태양까지 올라가 이 세상 전체를 사로잡고 하늘까지 휘청이게" 만들 정도로 신경의 마디마디를 파고드는 압생트의 향을, 카뮈의 문장으로만 읽은 그 취기를 상상한다. 문장이 불러일으키는 공감각적 심상이 신기하게도 '불어1' 강사의 초콜릿 향수 내음보다 훨씬 더 진하게 남아 있다.

문장을 이미 외워버렸기 때문에, 눈을 감고서도 나는

느낄 수 있다. 아직 가보지 못한 이국(異國)의 오래된 돌 위
에 부서지는 햇살과 꽃이 흐드러지게 핀 폐허에 찬연한 봄
기운, 그리고 나의 상상만으로 조향(調香)해 낸, 모호하지만
그래서 더욱 감각적인 향기. 그 감각의 파도 속에서 귓가를
간질이며 나직하게 속삭이는 말이 들린다. 봄, 티파사에는
신들이 산다고.

수업 교재

『대학교양불어 1』(서울대학교출판부)

알베르 카뮈, 김화영 옮김, 『결혼·여름』(책세상, 1987)

4 씨 뿌리는 사람

"애가 글쎄, 신문에 있는 한자를 줄줄 읽는답니다." 손님이 오면 외할아버지는 나를 불러 신문을 읽게 했다. 신문 기사가 아니라 제목을 읽도록 시켰다. 기사 제목이 한자투성이이던 시절, 어린 나는 또박또박 읽어내었고 영특하다는 칭찬이 쏟아지면 할아버지의 어깨는 으쓱해졌다.

엄마는 취학 전 한글을 비롯한 여러 가지를 직접 가르쳤는데, 그중에는 한자도 있었다. 한쪽에는 그림이 그려져 있고 다른 한쪽에는 한자가 적혀 있는 낱말 카드를 반으로 접어 든 엄마가 "이건 무슨 글자지?" 물으면 "하늘 천(天)!" 하는 식으로 답했던 한자 공부 시간이 어렴풋이 생각난다. 그리하여 나는 엉겁결에 초등학교 입학 전에 천자문을 거의 다 떼고는 영재 소녀라도 된 양 외할아버지의 자랑거리가 되었다.

저장된 지식이 별로 없는 어린아이의 여린 뇌는 주입하는 것을 족족 빨아들여 자기 것인 양 했지만, 무릇 쉽게 얻은 것은 쉽게 잃는 법. 단순 입력만 했던 그 글자들은 몽땅 휘발되어서 어느 날부턴가 나는 더 이상 외할아버지가 손님들 앞에서 짚어주는 한자를 알아맞히지 못했다. "저, 이제는 못 읽어요." 스스로도 당황해하며 꽁무니 빼던 어린 날의 삽화가 생생하다. 그리하여 중학교에 입학해 정규과목으로 한문을 배울 때 즈음 나의 한자 실력은 조기교육을 받은 보람도 없이 평범한 수준이었다. 한자를 낯설어하거나 두려워하지 않았다는 게 조기교육의 성과긴 했다.

§

한자에 대해 특별한 관심이나 애정을 가져본 적은 없다. 문학을 좋아했기 때문에, 한시(漢詩)를 배우고 싶다는 마음은 있었지만, 중고등학교 한문 교육은 글자와 문법 위주로 문학적인 것과 거리가 멀었다. 대학에 입학해서도 한문 공부를 해야겠다는 생각을 해본 적은 없었는데 사학 계열 학과에 진학하다 보니 수업시간에도, 교과서에서도 한자 접할 일이 많았다.

그렇다고 해서 수업까지 듣고 싶지는 않았는데, 신기하게도 나와는 달리 한문에 관심을 갖는 친구들이 많았다. 글씨를 빼어나게 잘 쓰던 H도, 전통 문화에 관심이 많던 B

도 한문 수업을 듣는다고 했다. 한문은 심지어 인문대 제
2외국어 졸업시험 과목이기도 했다. 한자는 우리나라 말의
일부이지 외국어라 생각해 본 적은 없었는데⋯⋯. 신선한
깨달음과 함께 나는 친구들과 함께 '한문1' 수업을 수강하
게 되었다. 1학년 2학기였다.

　담당 교수는 도가적 풍모를 지닌 남자 강사였다. 그는
세상사에 몽땅 초탈한 듯한 표정과 말투로 "한자를 제대로
익히려면 중국 문화를 알아야 한다."고 강조했다. 번역 과
제를 내주는 동시에 중국 문화에 관한 책을 읽고 리포트를
써 오라고 했다. 나는 미술사 전공자라는 핑계로 중국 회화
(繪畵)에 대한 책을 읽고 리포트를 작성해 제출했다.

　한자가 중국 문자라는 인식을 명확하게 갖추게 된 것이
그 수업을 통해 얻게 된 가장 큰 성과 중의 하나였다. 그 전
까지의 세계에서 한자와 나 사이에는 국경이 없었다. 수업
이후에는 명확한 경계가 생겼다. 오랫동안 중국의 속국이
었던 나라가 사용할 수밖에 없었던 지배국의 글자라는 인
식이 싹텄는데, 그렇다고 해서 치욕적이라거나 하는 생각
은 없었다. 한글 창제로부터 500년이 훌쩍 지난 시대에 한
자가 굴욕의 상징이 되기엔 너무 약했다. 나는 이 언어를
습득하는 것이 내 언어생활의 결을 한층 정교하고 풍요롭
게 만들며, 인식의 지평을 넓힌다고 생각했다.

　높은 지위에 있는 사람은 식견이 짧다는 이야기를 우

회적으로 말한 '肉食者鄙(육식자비)'(고기를 먹는 자는 비천하다.)라든가 '齊師伐我(제사벌아)'(제나라 군대가 우리를 공격했다.) 같은 『춘추좌씨전(春秋左氏傳)』「장공편(莊公篇)」의 문장으로 주어와 술어 관계를 습득하며 시작한 수업을 지루하다 여기지 않고 재미있어하며 따라갔다.

'公將戰(공장전)'(공이 장차 싸우려 했다.)이라는 문장을 놓고 '공정한 장수가 싸운다.'라고 해석해야 하나 하는 고민이 즐거웠다. 이 문장에서 '장수 장(將)'이 '장차'라는 뜻의 부사로 사용된 것처럼, 글자 하나의 쓰임이 제한되어 있지 않고 여러 품사와 여러 뜻으로 다채롭게 쓰인다는 점이 흥미로웠다. 문장을 뜯어보며 해석을 고민하다 보면 생각의 한계가 확장되고 상상력의 범위가 넓어지는 것만 같았다. 모호했지만 그 모호함 때문에 오히려 한문 수업이 재미있었다.

1학년 때의 '한문1' 수업에 이어, 3학년 2학기 때 같은 강사에게서 '한문2' 수업을 들었다. 짤막한 한시를 몇 개 배우고, 기말 과제로 한시를 직접 지어 제출하는 것으로 나는 대학 시절의 한문 교육을 마무리했다. 당시(唐詩)나 송시(宋詩)를 다루는 중문과 전공과목을 듣거나 연암(燕巖)을 비롯해 조선시대 문인들이 쓴 글을 읽는 국문과 전공 수업을 듣는 친구들도 있었지만, 나는 그 정도로 한문에 애정을 갖지는 못했다.

君不見

그대 보지 못하였는가

黃河之水天上來

황하의 물이 하늘로부터 내려와

奔流到海不復回

바다로 치달아 다시 돌아오지 않는 것을?

— 우리말 번역은 이병한, 이영주 역편의 『당시선』(서울대학교 출판부)에서. 이

하 인용문들도 동일.

술자리에서 내 손을 꼭 쥐고 당 시인 이백(李白, 701~762)의 「將進酒(장진주)」를 처음부터 끝까지 읊어주던 친구 H가 생각난다. 「將進酒」는 "지금 당신께 술 한 잔 드리려 한다."라는 뜻의 권주가다. 술에 취한 건지 시에 취한 건지 놀라울 정도로 몰입해 이 긴 시를 외우던 H의 모습이 하도 인상적이라서, 지금도 술 마실 때면 이 시를 종종 생각한다. 이백을 읊으며 술잔을 기울이던 20대의 낭만……. 당시엔 '將進酒杯莫停(장진주배막정)'(술잔 권하노니 멈추지 마시게나.)이라는 문장에 힘을 주어 술잔을 부딪치며 호기롭게 "장진주배막정!" 포효하였지만, 이제 흰머리가 눈에 띄게 늘어난 40대의 내겐 이 구절이 사무친다.

君不見

그대 보지 못하였는가

高堂明鏡悲白髮

고대광실 밝은 거울을 비추며 백발을 슬퍼하는데

朝如靑絲暮成雪

아침녘 검은 머리 해저물녘 눈빛처럼 희어진 것을?

人生得意須盡歡

사람 일생 좋을 때에 맘껏 즐길 일이니

莫使金樽空對月

금술통 헛되이 달빛 아래 버려두지 말 일.

§

두 학기 들은 것이 전부인 교양 한문 수업에서 배운 것
들은 거의 잊어버렸다. 그렇지만 그 잔영(殘影)은 살면서 가
끔씩 또렷하게 일상으로 침투했다. 추석이면 나는 으레 이
백의 「靜夜思(정야사)」를 떠올렸다.

牀前明月光

침상 머리 밝은 달빛

疑是地上霜

땅 위에 내린 서리인가 하였네.

擧頭望山月

고개 들어 산마루에 걸린 달 쳐다보다가

低頭思故鄉

고개 숙여 고향을 생각하네.

"고향 떠나온 달밤"이라는 뜻의 「靜夜思」는 거의 평생을 유랑하며 보낸 이백이 26세 때 양주(揚州)의 객사에서 쓴 것이다. 스무 살에 고향을 떠나온 나는 이백을 흉내 내고개 들어 달을 바라보다가 고개 숙여 고향의 달을 그려보면서 궁금해하곤 했다. 『그림 없는 그림책』을 쓴 덴마크의 안데르센부터 당의 이백까지 왜 고향을 떠나온 자들은 하나같이 달을 보며 고향을 그리워하는 걸까? 타향에서나 고향에서나 변함 없는 천체를 보니 옛 생각이 나는 것이라면, 왜 해를 보면서는 그리운 마음이 들지 않는 걸까?

교양 한문의 흔적은 '판교'에 이르러 절정에 달했다. 2019년 어느 여름날, 출판인 몇몇과 저녁을 먹는 자리였다. 대부분의 사람들은 판교를 장류진 소설 「일의 기쁨과 슬픔」에서 그려진 것처럼 청춘들의 열정을 착취하는 스타트업 밀집지, 신기술 산업이 집결한 테크노밸리, 혹은 신도시 건설 덕에 집값이 들썩이는 곳 등으로 기억하겠지만, 교양 있는 출판계 종사자들은 좀 달랐다.

이들은 기술이나 집값보다는 '판교(板橋)'라는 지명이 왜 우리나라뿐 아니라 일본, 중국에도 흔한지를 궁금해했다. "'널빤지를 걸쳐 놓은 다리'라는 뜻이니 곳곳에 있는 것

이 아니겠냐."고 누군가 말했다. 경기도 판교도 운중천 널
빤지 다리 부근을 '너더리(널다리) 마을'이라 부른 데서 유
래했다는 이야기가 나왔다. 갑자기 떠오르는 게 있어 끼어
들었다. "중국 옛글에서는 관용적으로 '판교'를 '친구를 만
나는 곳'으로 쓰기도 한다잖아요." 사람들이 재미있어하며
어디서 들었냐고 물었다. "20년 전 대학교 1학년 때, 교양
한문 시간에 배웠어요!"

집으로 돌아온 후에 아무래도 미심쩍어 책장을 뒤졌
다. 먼지 쌓인 교양 한문 교재를 들춰 시(詩)의 관용어를 배
우는 부분에 "板橋: 친구를 보내는 곳"이라고 적어놓은 것
을 찾아냈다. 도연명(陶淵明, 365~427)의 「飮酒(음주)」 5수
에서 가장 유명한 구절인 "採菊東籬下(동쪽 울타리 아래 국화
를 따다가) 悠然見南山(아득히 먼 남산을 바라보네.)"를 풀이하며
선생님은 "이 구절이 워낙 유명해져서 이후 한시에서 국화
를 꺾는 것은 관용적으로 '동쪽 울타리 아래'로 쓰인다."고
설명해 주었다.

그는 한시에 많이 등장하는 '남포(南浦)'(남쪽 포구)가 특
정 지명이 아니라, 초나라 시인 굴원(屈原)이 「河伯(하백)」에
서 "送美人兮南浦(송미인혜남포)"(남포에서 그대를 떠나보내네.)라
고 읊은 이후 '남포'라는 단어가 정인(情人)을 떠나보내는
곳의 상징으로 자리 잡았고, 고려 시대에 정지상의 시 「送
人(송인)」에도 "送君南浦動悲歌(송군남포동비가)"(남포에서 임

보내며 슬픈 노래 부르네.)라는 구절이 등장하게 된 것이라는 이야기와 함께 '판교'를 예시로 들었다.

기록은 기억보다 강하다고 했던가. 친구를 '만나는 곳'이 아니라 '보내는 곳'이었구나. 저녁 자리의 이들에게 문자를 보내 실수를 정정하고 나니, '판교'가 친구를 보내는 곳이 된 전고(典故)가 궁금해졌다. 인터넷을 뒤져 오래전 그 한문 수업 선생님의 연락처를 찾아내 이메일을 보냈다. "선생님, 안녕하세요. 오래간만에 인사드립니다. 20년 전 수업을 들었을 때 선생님께서 한문의 관용적 표현을 설명하시며 '판교(板橋)'의 경우 친구를 보내는 곳이라고 말씀 주셨는데요……." 한문 교재에서 판교에 대한 필기 부분을 사진 찍어 첨부한 그 이메일의 마지막을 나는 이렇게 마무리했다. "20년 전 선생님께 한문을 배운 것이 한문 공부를 한 마지막 기회였고 거의 잊어버렸으나, 그래도 밑둥은 약간 남아 살아가는 데 간혹 힘이 되곤 합니다."

주말인데도 답장은 한 시간 만에 왔다. 그는 불쑥 연락해 온 옛날 수강생을 무척 반가워하며 "'판교'라는 단어는 당나라 시인 온정균(溫庭筠)의 시 「送人東遊(송인동유)」의 한 구절인 '鷄聲茅店月(계성모점월)/ 人迹板橋霜(인적판교상)' (새벽닭은 초가 주막 달빛 아래 울고/ 먼저 간 이는 서리 내린 판교에 발자국 남겨놓았네.)이 절창으로 여겨져 많이 유명해졌을 것"이라고 이야기해 주었다.

"이 시에서 딱히 판교가 이별의 장소로 쓰인 것은 아니나, 이후 그림에 널다리, 즉 판교에서 친구를 보내는 장면이 많이 나온다."는 친절한 설명을 곁들인 그는 이렇게 메일을 마무리했다. "반가운 동시에 교재를 아직도 갖고 있는 꼼꼼함과 이메일 주소를 알아내는 정보력이 놀랍기도 합니다. 아직도 그런 사항이 궁금한 호기심, 학구열에 또 놀랐습니다."

머릿속에 어슴푸레 남아 있던 '교양으로서의 판교'가 그렇게 20년 만에 비로소 명징해졌다. '교양(culture)'이란 원래 경작(耕作)을 뜻하는 것이니, 수년 전 뿌린 씨앗의 결실을 이제야 거두게 된 것은 당연한 일일지도 모른다. 교양서로 유명한 일본 출판사 '이와나미쇼텐'의 로고는 밀레의 그림 「씨 뿌리는 사람」인데, 창립자 이와나미 시게오가 스스로를 '씨 뿌리는 사람'이라 여겼기 때문이다.

그 수업 덕에 '판교'라는 단어를 접할 때마다 '친구'에 대해 생각했다. 삭막한 신도시라기보다 만남과 이별 사이에 있는 애틋함의 장소라 여겼다. 인문교양의 힘이란 남과 같은 것을 보면서도 뻔하지 않은 또 다른 세계를 품을 수 있도록 하는 데 있는 것 아닐까? 대학 교양 수업에서 가르치는 지식은 단편적이라기에는 무척 체계적이지만, 그렇다고 해서 수업을 통해 엄청난 지식을 쌓는 걸 기대할 수는 없다. 수업 시간에 습득한 것들은 젊은 날 잠깐 머릿속에 자리했다 세월이 지나면 이내 사라져버린다. 그렇지만 싹은 물 준 것을 결코 잊지 않고 무럭무럭 자란다고 했다. 식견(識見)이란 지식을 투입하는 그 순간이 아니라 추수 끝난 논에 남은 벼 그루터기 같은 흔적에서 돋아난다.

코로나19 이후로 대학 수업이 정상적으로 이루어지지 않는 것에 대한 우려가 높다. 많은 이들이 '교양'은 디저트 정도로 여기며 전공과목 교육이 부실해진 것만 걱정하지만, 나는 교양과목 수업이 망가지는 것도 못지않은 문제라 생각한다. 대부분의 이들에게 대학이 교양을 습득하는 마지막 장소이기 때문이다. 씨 뿌리는 이 사라지니, 앞으로 무엇을 거둘 것인가?

수업 교재

서울대학교 중어중문학과 편, 『개정판 대학한문』(서울대학교출판부)

이병한, 이영주 역편, 『당시선』(서울대학교출판부)

장 프랑수아 밀레, 「씨 뿌리는 사람」

1850년

1865년

1889년

1888년

5 그 시절에만 쓸 수 있는 글이 있다

동양미술사 입문(1학년 2학기)

삶의 어떤 순간에만 쓸 수 있는 글이라는 게 있다. 설익어 어설플지라도 여백이 있어 매력적인 글. 이미 정교함을 획득해 버린 노회한 저술가는 구사 불가능한 미학이 그런 글에는 있다. 무턱대고 내지를 수 있는 치기 덕에 빛나는 통찰, 날것이라 푸른 물 뚝뚝 듣는 문장, 눈치 보지 않는 솔직함이 빚어내는 감동⋯⋯. 이 모든 건 '처음'의 특권이자 판을 잘 모르는 신인(新人)의 특권, 젊음의 특권이기도 하다.

이 이야기를 내게 처음 해준 사람은 제임스 캐힐(James Francis Cahill, 1926~2014)이었다. 그는 중국 회화사 분야의 세계적인 권위자로, 나를 만난 2008년 10월 당시 82세였고 버클리대학교 명예교수였다. 학회 참석차 방한한 그를 광화문의 한 호텔에서 인터뷰했다. 당시 서른 살이었던 나는 인물·동정팀 기자였다. 캐힐이 서울에 온다는 소식을 들었을 때, 망설이지 않고 인터뷰 요청을 한 건 그의 대표작 『중국 회화사(Chinese Painting)』가 내 책장에 꽂혀 있었기 때문이다.

'중국 회화사의 곰브리치'로 불리는 제임스 캐힐은 그림에 대한 단선적인 양식(style) 분석을 넘어서 양식이 지니는 역사·문화적 의미를 탐구함으로써 중국 회화사 연구에 큰 획을 그었다. 특히 서른네 살 때인 1960년 스위스의 한 출판사에서 낸 『중국 회화사』는 세계 각국에 소개되면서 중국 회화사 개설서의 고전으로 자리 잡았다. 젊은 학자였던 그에게 독보적인 명성을 안겨준 이 책의 특징은 연대기 중심으로 서술된 기존 역사서와는 달리 문학적이고 서사적인 문체로 쓰였다는 것이다.

주한미군 일본어 통역병으로 복무했던 1948년 서울의 골동품 상점에서 송(宋)대 유명 화가들의 낙관이 있는 가짜 그림을 산 것을 계기로 중국 회화에 관심을 갖게 되었다면서, 캐힐은 말을 시작했다. "책이 나오자 많은 사람들이 '소설 같다.'고 비판했지만 나는 이를 칭찬으로 받아들였습니다. 60년 전 서울에서의 그 일만 없었다면, 나는 역사가가 아니라 작가가 되었을 거예요."

30대에 쓴 첫 책에 아직도 만족하느냐는 질문에는 이렇게 답했다. "그 후에도 책을 여럿 냈지만 다시는 그런 책을 쓰지 못했어요. 앞으로도 못 쓰겠죠. 지금은 훨씬 더 많은 걸 알고 있는데도요. 그때 나는 굉장히 젊었지요. 내가 모든 걸 다 알고 있다고 생각했죠. 그 치기 어린 자부심 덕분에 그 책이 성공을 거뒀다고 생각합니다." 그가 좋아하는 화가로 서정적 화풍을 특색으로 하는 남송(南宋) 마하파(馬夏派)의 쌍두마차 중 한 명인 하규(夏珪)를 꼽았을 때, 나는 이 노학자가 어떤 부류인지 단번에 알아차릴 수 있었다. 기질적으로 문학적인 인간이었던 것이다.

§

역사의 인간과 문학의 인간. 나는 종종 사람들을 두 부류로 나눈다. 실증의 세계인 역사와 허구의 세계인 문학은 필연적으로 충돌할 수밖에 없는데, 재미있는 것은 기질적으로 '역사의 인간'인 사람과 '문학의 인간'인 사람도 개와 고양이처럼 서로 잘 맞지 않는다는 것이다. 이야기를 사랑하는 '문학의 인간'인 나는 종종 '역사의 인간'들과 부딪친다. 나는 그들의 상상력 부족을 답답해하지만, 그들은 아마 나를 허황하다 여길 것이다.

그런 이유 때문에 나는 도무지 동양미술을 좋아할 수 없었다. 한눈에 봐도 이야기가 쏟아져 나올 것만 같은 서양 회화들과는 달리, 동양의 회화는 기록 위주이고 자료에 가까우며 그래서 딱딱하고 재미없다고 생각했다. 잘 모르기 때문에 생긴 편견이었지만, 어쨌든 그 때문에 동양미술과는 가까워질 수가 없었다.

'동양미술사 입문' 수업은 1학년 2학기 때 울며 겨자먹기로 들었다. 서양미술사 입문과 함께 교양필수 과목이었다. 대학원 박사과정 선배가 가르쳤는데, 초반엔 미술사 수업인지 고고학 수업인지 분간하기가 어려웠다. 중국 신석기시대 토기에서 시작해 청동 제기들이 우르르 쏟아지더니 갑자기 고대 인도로 건너가 스투파(사리탑)며 각종 불상들을 설명하다가 고구려 고분 벽화로 넘어가는 식이었다.

작품 슬라이드를 띄워놓고 제목과 연대, 작품에 대한 제반 사항을 적도록 하는 식인 중간·기말고사를 통과하려면 작품을 모조리 외워야만 했는데, 공간지각력이 부족해 입체에 약한 나는 각종 토기 및 청동기의 형태와 무늬, 불상들의 얼굴을 기억해야 한다는 사실에 멀미가 날 지경이었다. 게다가 상(商)이니 서주(西周)니 동주(東周)니 하는 중국 고대 왕조들의 이름을 기억하는 것만으로도 힘든데 갑자기 인도로 넘어가 마우리아 왕조가 어쩌고, 아쇼카왕이 어쩌고, 굽타 왕조가 어쩌고…… 헷갈리고 혼란스러워서 도무지 재미를 느낄 수 없었다.

수업 과제로 작품 중 하나를 잡아 자유로운 에세이를 썼던 기억이 난다. 강사는 잘 쓴 글 하나를 골라 낭독을 시켰는데, 전공자인 우리 과 학생이 아니라 동양사학과 여학생의 글이 뽑혔다. 그는 백제 '호자(虎子)'(호랑이 형태 토기)

를 주제로 택했다. 물주전자인지 남성용 소변기인지 의견
이 분분하게 갈리는 그 기묘하게 생긴 오브제를 물주전자
로 상정하고, 주인공이 다락방의 세면대에서 세수를 하는
애니메이션 「빨강 머리 앤」의 한 장면을 언급하며 호랑이
모양 물주전자에 물을 가득 담아 세수해 보는 상상의 나래
를 펼쳤다. 저렇게 재미없어 보이는 유물을 주제로 저렇게
재미있는 글을 써내다니…….

내가 쓴 리포트의 내용은 전혀 기억이 나지 않는데도
남의 글이 이렇게 생생히 기억나는 이유는, 아마도 평생 우
등생으로만 살아온 사람 특유의 '졌다.'라는 열패감, 동양
미술 작품은 상상력을 발휘할 여지가 없어서 싫다고 생각
했던 것이 결국 핑계일 뿐이었다는 깨달음, '이 길은 내 길
이 아닌가 봐.'라는 진로 고민 등 복잡미묘한 감정이 휘몰
아쳤기 때문일 것이다.

§

수업에 그나마 재미를 붙이기 시작한 건 조각 파트를
끝내고 중국 회화, 그중에서도 송대(宋代) 회화를 배우면서
였다.

나는 송의 회화가 좋았다. 거대한 자연을 그려낸 북송
(北宋)의 거비파(巨碑派) 산수에는 호감을 갖지 못했다. 두
대표주자 이성(李成)과 곽희(郭熙)의 이름을 따 '이곽파(李郭

派) 산수'라고도 불리는 북송의 산수는 눈에 보이는 대로 그린 것이 아니라 화가의 마음속 이상적인 경치에 감정을 담아 그려낸 관념적인 산수다. 무척이나 문학적인 그림이라 할 수 있지만 그때는 그 개념을 이해하지 못했다.

그때도 지금도 나는 인물이 두드러지지 않는 풍경화에는 그다지 끌리지 않는다. 그 대신에 청명절 북송의 수도 변경(汴京)의 번화한 풍경을 그린 장택단(張擇端)의 「청명상하도(淸明上河圖)」를 좋아했다. 흥겹고 왁자지껄한 그림의 분위기가 좋았다. 그리고 남송의 그림들이 좋았다. 정확히는 마원(馬遠)과 하규를 필두로 하는 남송 마하파의 그림이 좋았다. 캐힐처럼, 나 역시 문학적인 그림이 좋았던 것이다. 시화일률(詩畵一律), 즉 '시와 그림은 하나'라고 했던 북송의 시인 소식(蘇軾, 소동파)의 말을 나는 사랑했다.

마원과 하규는 남송의 화원(畵院) 화가다. 화원이란 중국 궁정에서 그림 그리는 일을 맡아보던 관아를 뜻한다. 즉 화원 화가란 국가에서 고용한 직업화가를 뜻하는데, 조선의 도화서(圖畵署) 화원(畵員) 김홍도를 생각하면 이해하기가 쉽겠다.

마하파의 그림은 거대하지 않아 좋았다. 이들은 자연 속으로 들어가 미시적 풍경을 그렸으며, 그 속에서 걷거나 자연을 바라보며 사유하는 인물에 초점을 맞췄다. 저절로 시 한 수가 흘러나올 것 같은 고요하면서도 서정적인 장면.

마원은 특히 인물을 한쪽, 대부분 왼쪽 아래로 치우치도록 그리는 구도를 즐겨 썼는데, 이를 변각(邊角)구도, 혹은 마원의 이름을 따 마일각(馬一角)이라 부르기도 한다.

문학과 예술을 사랑한 북송의 황제 휘종(徽宗)은 화원화에서 시서화(詩書畵)의 일치를 보편화했는데, 이러한 경향은 남송대에도 그대로 이어졌다. 화원의 화가들은 궁정에서 하사한 시구(詩句)를 소재로 삼아 그림을 그렸고, 그러다 보니 이들의 그림은 시적일 수밖에 없었다. 귀족들의 문인화(文人畵)와는 달리 권력자들이 주문제작한 그림일 뿐인데, 나는 왜 이들의 그림이 그렇게 좋았을까?

화원 화가들의 그림을 일러 "문기(文氣)가 없다." 하시던 은사님의 말씀을 들을 때마다 '내게는 문기라는 게 없는 걸까? 나는 학자의 자질이 없나?' 마음속 한 구석이 은근히 찔려오기도 했다. 아마도 결국은 취향의 문제였을 것이다. 나는 기교가 뛰어난 그림이 좋았다. 지금도 그림을 볼 때, 화가의 정교한 손맛을 중시한다. 범인(凡人)과 확연히 구별되는 예술적 재능이란 거기에 있다고 생각하기 때문이다.

어쨌든 간에 마하파 그림을 알게 되면서 나는 동양 회화에는 '이야기'가 없어 재미없다 생각했던 편견을 버렸다. 은은한 먹빛 장막을 뚫고 들어가면 은근하게 도사린 이야기들이 있었다. 말을 아낌으로써 더 풍부해지는, 여백 덕에 더 또렷해지는 시정(詩情)과 서정(抒情)이 존재했다.

§

열화당에서 나온 제임스 캐힐의 『중국 회화사』를 구입한 건 동양미술사 입문 수업을 듣던 그 가을, 학생회관 서점에서였다. 서점 문 밖의 매대엔 항상 대폭 할인하는 책들이 놓여 있었는데, 마침 '열화당이 세기말에 드리는 사은 대잔치'라는 이름으로 50퍼센트에 할인하고 있었다. 거기서 주저없이 『중국 회화사』를 샀던 건 '동양미술사 입문' 참고 교재였기 때문이다. 강의계획서에 적힌 참고 교재 여러 권 중 유일하게 이 책 옆에 나는 '명작'이라 적어놓았는데, 아마도 강사의 설명을 그대로 받아 적었으리라.

버드나무 드리워진 강둑을 거닐고 있는 선비를 그린 「산경춘행도(山徑春行圖)」는 마원의 대표작 중 하나로 여겨진다. 캐힐은 이 그림에 대해 이렇게 적었다.

강둑을 따라 나 있는 길을 시동(侍童)과 더불어 걷고 있는 선비는 바람에 날리는 버들 가운데 두 마리의 꾀꼬리를 바라보려고 잠시 멈춰 선다. 일련구(一聯句)가 오른편에 적혀 있다.

소매 스치는 들꽃은 모두 절로 춤추고(觸袖野花多自舞)
산새들은 사람 피해 울음 울지 못하네(避人幽鳥不成啼)

그림은 기분의 증류(蒸溜)이며, 그 속의 모든 것이 명확한 효과를 산출하기 위해 이바지하고 있다. 외적인 것은 하나도 없고, 곽희와 그 이전의 산수화가들의 작품에서 발견하게 되는 흥미 있고 풍부한 세부 묘사는 사라졌다. 이런 본질적이지 않은 것을 준엄하게 배제해 버린 결과는, 그러나 엄숙함이 아니라 시정(詩情)이다. 당(唐) 시대의 서정주의자들과 일본의 하이쿠 시인들처럼, 마원은 그의 형상들의 정서적 연상과 형상을 둘러싸고 있는 공백이 환기시키는 힘에 의존함으로써 수단의 극단적 절약으로써 우아한 분위기 속에 주제를 감싸버린다.

— 제임스 캐힐, 조선미 옮김, 『중국 회화사』(열화당)에서

그가 가장 좋아한다 말했던 화가, 부벽준(斧劈皴)과 안개를 활용한 산수에 능한 하규에 대해서는 이렇게 적었다.

하규는 표면의 질감을 거의 나타내지 않고 나아가 화면의 보다 큰 면적조차 안개 속에 모호하게 함으로써, 더욱더 전체 구성을 단순화시키고 딱딱한 형태를 배제했다. 선은 최소한으로 감소되고 그 대부분은 단지 선염(渲染)의 언저리에 불과하지만, 이 최소한도가 너무나 웅변적이어서 전체 구도가 여기에 집중된다.

하규, 「계산청원도(溪山淸遠圖)」(13세기, 부분)

— 제임스 캐힐, 조선미 옮김, 『중국 회화사』(열화당)에서

　문학적이며 아름다운 문장. 누군가는 역사가의 것이라
기엔 지나치게 묘사가 많고 치렁치렁하다고 하겠지만, 그림
을 보지 않고도 그림을 그려볼 수 있도록 하는 그의 문장
이 나는 좋았다.

§

少年不識愁滋味
소년 시절 슬픈 맛이 어떤 건지 몰라
愛上層樓
높다란 누대에 오르길 좋아했지요
愛上層樓
높다란 누대에 오르고 올라
爲賦新詞强說愁
새 노래 지으려고 억지로 슬픔을 짜냈지요.

而今識盡愁滋味
지금은 이제 슬픈 맛 다 알기에
欲說還休
말하려다 그만둔다
欲說還休

77　　　　　　　　　　　　　　　　　　　　　　　1학년

말하려다 그만두고

却道天凉好個秋

아! 서늘해서 좋은 가을이어라 했지요.

— 우리말 번역은 유병례, 『송사, 노래하는 시』(천지인)에서

오래전 친구의 홈페이지에서 남송의 시인 신기질(辛棄
疾)이 쓴 이 송사(宋詞)를 보았다. 이후로 서늘하고 쓸쓸한
가을바람이 불 때면 늘 이 시가 떠오른다. 제목은 「醜奴兒
(추노아)」, '못난 종놈의 노래'라는 뜻이다. 소년 시절 슬픔의
맛을 몰라 높다란 누대에 올라 억지로 슬픔을 짜냈다는 시
적 화자의 감정선을 따라가다 보면, 슬프고 쓸쓸한 정서가
멋있게 보여 '젊은 베르테르'를 비롯한 각종 문학 속 주인
공들과 나를 동일시하며 '비극적으로' 살아보려고 노력했
던 젊은 날의 내 모습이 겹쳐진다. 살다 보면 노력하지 않
아도 인생의 슬픈 맛이 저절로 내 안에서 우러나게 되어 있
는 건데 그때는 왜 그랬을까 싶다가도 이내 억지로 짜낸 젊
은 슬픔의 힘으로만 부를 수 있는 노래라는 게 있지 않나
하는 생각이 든다. 더 이상 이 세상 사람이 아닌 캐힐이 내
게 알려준 것처럼.

캐힐을 인터뷰하고 한 달 뒤 나의 첫 책 『그림이 그녀에
게』가 세상에 나왔다. 그 후에도 책을 여럿 냈지만, 다시는
그런 책을 쓰지 못했다. 젊었기 때문에, 높은 누대에 올라

슬픔의 맛을 느껴보려 노력하던 시절이었기 때문에 쓸 수 있었던 쓸쓸한 정서의 책이라 생각한다. 캐힐에게 내가 물었듯, 만일 누가 내게 중국 회화 중 가장 좋아하는 그림을 묻는다면 나는 마원의 아들 마린(馬麟)이 그린 「병촉야유도(秉燭夜遊圖)」를 꼽겠다. 내가 갖고 있는 『중국 회화사』의 표지 그림이기도 하다.

아버지와 마찬가지로 남송 황실의 화가였던 마린은 봄날 밤, 꽃이 만개한 정원에서 잠든 사이 꽃이 떨어질까 염려해 촛불을 밝히고 앉아 활짝 핀 꽃을 감상하고 있는 인물을 둥근 부채에 그려 넣었다. 이 그림은 소식의 시 「해당(海棠)」의 마지막 구절 "只恐夜深花睡去 故燒高燭照紅妝"(밤이 깊어 꽃이 잠들어 져버릴까 두려워 촛불 높이 밝혀 붉은 모습 비추네.)에서 화제(畵題)를 가져왔다 알려졌는데, 이백(李白)의 시에서 영감을 받은 것으로 생각한(국내판 『중국 회화사』의 번역이 잘못된 것이 아니라면 아마도 헷갈린) 젊은 캐힐은 이렇게 썼다.

삶이란 퍽 짧으므로 우리는 촛불을 밝히고 어둠의 시간을 충분히 이용해야만 한다는 것이다.
— 제임스 캐힐, 조선미 옮김, 『중국 회화사』(열화당)에서

1학년

마원, 「산경춘행도(山徑春行圖)」

마린, 「병촉야유도(秉燭夜遊圖)」

수업 교재

제임스 캐힐, 『중국 회화사』(열화당)

박은화 편, 『중국회화감상』(예경)

양신 등 지음, 『중국 회화사 삼천년』(학고재)

제2장

자연스럽게 감지(感知)하는 훈련

6 박자에 맞추니, 그건 단어와 음표였다

영시의 이해(2학년 1학기)

　　때론 호승심(好勝心)이 썩 괜찮은 결과를 빚어내기도 한다. 2학년 1학기 때 '영시(英詩)의 이해' 수업을 들은 것이 대표적인 예다. 수강 신청 시즌에 과방에 앉아 다음 학기엔 뭘 들을까 고민하면서 「수강편람」을 뒤적이고 있으면, 선배들이 이것저것 조언을 해주곤 했다.

　　1학년을 마무리하던 즈음 동기들과 수강 신청 이야기를 하고 있는데, 해외에서 살다 와 영어를 아주 잘 하는 선배가 "황동규 선생님의 '영시의 이해' 수업도 괜찮아." 하더니 이내 덧붙였다. "아. 그런데 너한텐 아직 어려울 거야. 3학년쯤 돼서 듣는 게 좋겠어." 망설이지 않고 그 수업을 신청한 것은 지기 싫어서였다. '영시든 한국 시든 어차피 문학 아니야? 문학 텍스트 읽는 건 자신 있다고!'

§

"Perrine's Sound and Sense: An Introduction to Poetry"(페린의 소리와 감각: 시 입문)이라는 금박 글씨가 박힌 녹색 책을 처음 손에 쥐었을 때의 설렘이 생생하다. ('Perrine'이 유명 영문학자 로런스 페린(1915~1995)을 뜻한다는 건 이 글을 쓰면서 비로소 알았지만.) 프린트물이나 제본물이 아닌 제대로 된 영어 원서 교재를 갖게 된 건 그 책이 처음이었다.

수업 담당 교수인 황동규 선생님은 「즐거운 편지」를 쓴 시인이기도 했다. 처음으로 진짜 '시인'을 만난다는 기쁨, 시인에게 시를 배운다는 낭만적인 기대가 가득했던 수업이었다. 테니슨, 셰익스피어, 존 던, 랭스턴 휴즈……. 영문학사 거물들의 작품들을 원어로 읽는 경험도 좋았지만, 무엇보다도 영시의 운율(rhyme)에 눈뜬 것이 새로운 경험이었다.

Some say the world will end in fire,

Some say in ice,

From what I've tasted of desire

I hold with those who favor fire.

But if it had to perish twice,

I think I know enough of hate

To say that for destruction ice

Is also great

And would suffice.

어떤 이는 이 세상이 불로 멸망할 거라 하고

어떤 이는 얼음이라 말하지

내가 욕망에서 맛본 걸로 미루어보자면

나는 불이라 하는 이들에게 동의한다.

그러나 만일 세상이 두 번 망해 없어지는 경우라면

나는 증오에 대해서도 충분히 알고 있다 생각하는데

파괴에 대해서라면 얼음 또한 대단하여

지구를 파멸시키기에 충분하리라고 말할 만큼.

(우리말 번역은 대학 시절 강의 내용을 참고해 직접 했다.)

　파이어, 아이스, 디자이어, 파이어에 공통적으로 포함된 '아이' 음으로 딱딱 운이 맞는 로버트 프로스트의 「Fire and Ice(불과 얼음)」를 선생님이 읽어주는 소리, 낭랑하게 강의실에 퍼지는 음(音)을 듣고 있자면 세상을 망하게 하는 것이 욕망인가, 증오인가를 고민하기보다는 그냥 '아, 시란 노래구나.' 하는 생각이 들었다.

　시를 듣고 시각적 이미지를 그려보는 데는 익숙했다. 어릴 적 아버지는 종종 시를 들려주고는 거기에서 떠오르는 이미지를 종이에 그려보라고 했다. 엄마가 즐겨 읽어주던 동시 중 정한나 시인의 「비둘기」라는 시가 있었다.

회색의 부리로
아침을 물어다 날라

벼랑 끝 바위에다
마구 비비면

잠든 바다는
눈을 뜨면
한껏 기지개를 펴고

비둘기
날개 끝에서 쏟아지는
금빛 아침에

세상은
온통 은빛 햇살로 출렁인다

이 시를 듣고, 아버지가 가져다준 갱지에 태양을 물고
벼랑으로 날아드는 새를 볼펜으로 그렸던 기억이 난다.
유치원의 '아빠와 하는 날' 행사에 찾아온 서른여섯 살의 아버지는 도화지에 크레용으로 갖은 색을 칠한 다음 검은색으로 덮은 후 못으로 긁어 그림을 그리는 '스크래치' 순서가 오자, 강가에 초가집 한 채가 외따로 서 있고 낙엽이 쏟아지는 쓸쓸한 풍경을 그리고는 그 옆에 김소월의 "엄마야 누나야 강변 살자"를 적어 넣었다. 지금도 그 그림을 생각하면 너무 쓸쓸해서 눈물이 난다. 중학교에 입학해 국어 선생님이 시를 읽고 떠오르는 이미지를 그림으로 표현하라는 과제를 내주었을 때, 나는 내 어린 날의 경험이 시 가르치는 아버지가 딸에게 행한 '교육'이었다는 것을 비로소 깨달았다.

그래서 오랫동안 내게 시는 그림이었다. '시는 노래'라는 말을 여러 번 들었지만 박인환의 「목마와 숙녀」처럼 곡조가 붙어 진짜 '노래'가 된 시가 아닌 한 이해가 되지 않았다. '영시의 이해'를 들으면서, 나는 비로소 어떻게 시가 노래가 될 수 있는지 깨닫게 되었다. 로버트 프로스트는 노래했다.

Before man came to blow it right
  The wind once blew itself untaught,
And did its loudest day and night
  In any rough place where it caught.

Man came to tell it what was wrong:

   It hadn't found the place to blow;

It blew too hard — the aim was song.

   And listen — how it ought to go!

He took a little in his mouth,

   And held it long enough for north

To be converted into south,

   And then by measure blew it forth.

By measure. It was word and note,

   The wind the wind had meant to be —

A little through the lips and throat.

   The aim was song — the wind could see.

인간이 바람을 제대로 불게 하기 전에

한때 바람은 제멋대로 불었다.

밤낮으로 가장 큰 소리를 내며

바람이 처한 어떤 험한 곳에서든.

인간은 무엇이 잘못되었는지 말하기 위해 왔다.

제대로 불 장소를 찾지 못했구나.

너무 세게 불었어 — 목표는 노래잖아
들어라, 이렇게 하는 거다!

그는 바람을 조금 입에 넣고
북향이 남향으로 변할 만큼
충분히 길게 머금고 있다가
리듬에 맞춰 계속 불어 내었다.

박자에 맞추니, 그건 단어와 음표였다.
바람이 의도한 그 바람 —
아주 약간 입술과 목을 통해.
목표는 노래였다 — 바람은 알 수 있게 되었다.

(우리말 번역은 당시 수업 내용을 참고해 직접 했다.)

많은 사람들이 로버트 프로스트를 「가지 않은 길(The Road Not Taken)」의 시인으로 기억하고, 나 역시 그 시를 무척 좋아하지만 「The Aim Was Song(목표는 노래)」을 배운 후로는 달라졌다. 인간이 자연에 강약을 주어 시를 만들어 낸 것이라며 시의 기원을 아름답게 빚어낸 이 시를 알게 된 후, 프로스트는 시가 왜 노래인지 알려준 시인으로 마음속에 남게 되었다. 나는 꼬맹이 적 아버지가 그려준 회화적 세계를 딛고 음악적 세계로 한 발짝 움직이게 되었다. 대학

박자에 맞추니, 그건 단어와 음표였다.

바람이 의도한 그 바람 ―

아주 약간 입술과 목을 통해.

목표는 노래였다 ― 바람은 알 수 있게 되었다.

―로버트 프로스트, 「목표는 노래」에서

에드거 앨런 포(1809~1849)

에밀리 디킨슨(1830~1886)

이라는 공간이 일군 성장이었다.

§

때론 인정욕구가 한 사람의 중요한 시기를 좌우하기도 한다. 나의 대학 시절은 아버지로부터 인정받고자 하는 욕구로 점철돼 있었다. 성인이 되는 순간 부모의 세계와 완전히 결별하는 사람들이 있다. 자신의 세계와 부모의 세계는 별개의 것이라 생각하거나, 자신의 세계가 부모의 세계보다 우월하다는 확신을 갖는 사람들도 있다. 그런 이들은 일찍 이유(離乳)한다. 나는 아니었다. 그러기에 내게 아버지는 너무나 컸다.

사랑받는 딸이었지만 스스럼 없는 부녀관계는 아니었다. 아버지는 칭찬에 인색했고 평가에 냉정했다. 영민한 딸이 교만해질까 두려워 일부러 엄격하게 굴었다는데 나는 커다란 손이 내 어깨를 밀쳐 내는 것만 같은 느낌을 받았다. 대학 4년간은 진로 문제로 내내 다퉜다. 나는 아버지처럼 학자가 되고 싶었다. 대학원에 진학해 계속 공부를 하는 것이 꿈이었다.

아버지는 법대로 전과하라고 했고, 고시공부를 하라고 했다. 인문학을 전공해서는 미래가 불투명하다는 것이 이유였다. "나는 운이 좋았어. 내가 대학원을 마칠 때쯤 국내에 대학이 많이 생겼거든. 그런데 네게도 나만큼 운이 따르리라는 보장은 없다. 서른 넘어서까지 밥벌이를 못한다는 게 어떤 건 줄 아니? 네 마음이 먼저 괴로워서 못 견딜 거다." 그때는 그 말을 이해하지 못했다. 지금은 아버지를 이해한다. 그 바닥을 너무나 잘 알기 때문에, 자식이 굳이 힘든 길을 가는 걸 원치 않았던 것이다.

대학 시절의 나는 내게 시를 읽히고 가르쳤던 아버지, 인문학의 즐거움과 아름다움을 일깨워 준 아버지가 내가 그 세계로 향하는 길의 가장 큰 장애물이라는 모순이 혼란스러웠다. 모범생답게, 공부를 잘해야 한다는 생각이 가장 먼저 들었다. 일단 공부를 잘하면, 열심히 하면, 좋은 성적을 받으면, 그래서 내가 학자의 길을 가기에 적합한 자질을 가졌다는 걸 아버지에게 인정받으면, 그러면 공부를 계속할 수 있을지도 모른다고 생각했다.

한편으로는 내가 강의실 안에서의 공부를 할 수 있는 건 대학 4년이 마지막일지도 모른다는 생각도 들었다. 아버지가 저렇게 반대를 하는데 그걸 무릅쓰고 공부할 수 있을 것 같지 않았다. 결론은 똑같았다. 인생에서 마지막 공부일지도 모르니까, 소중한 순간이니까, 한 시간이라도 허투루 쓰지 말고 열심히 공부하자…….

수업을 '쨘다'는 걸 한번 해보고 싶어 함께 수업 듣는 친구와 작당해 세 시간짜리 '한국인의 역사의식' 수업 후반부 한 시간 반을 빼먹은 것, 추석 때 집에 내려갔다가 식

중독에 걸려 앓아누워서 연휴가 끝나도 서울에 돌아오지 못해 '한국미술사' 수업에 한 차례 결석한 것, 취직 시험 날짜와 수업이 겹쳐 '19세기 미소설' 수업에 한 번 빠진 것 외엔 수업에 출석하지 않은 적이 없다.

강의실과 집을 시계추처럼 오가며 대학 시절을 보냈다. 공부할 수 있는 마지막 기회라는 생각이 항상 머릿속에 있었기 때문에 늘 수강 가능 학점을 꽉꽉 채워 들었고, 계절학기도 들었다. 졸업 학점이 130학점이었는데 144학점을 들었다. 4.3 만점에 평점 4.1을 받고 최우등으로 졸업했다. 과수석이었다. 입사 원서에 첨부할 성적증명서를 떼러 학교 행정실에 갔더니 직원이 말했다. "아니 무슨 수업을 이렇게 많이 들었고…… 왜 이렇게 성적이 좋아요?"

공부를 잘하면 아버지가 대학원 진학을 허락해 줄 거라는 나의 믿음은 착각이었다. 고시공부를 끝내 거부하자 아버지는 취직을 하라고 했다. "대학원? 좋아, 가. 그 대신 네가 대학원에 가는 순간 모든 금전적인 지원을 끊겠다. 그래도 가고 싶으면 가. 공부는 그렇게 절실한 사람들이 해내는 거야."

학비야 장학금으로 어떻게든 충당할 수 있겠지만 집세며 생활비까지 벌어가며 공부할 만한 열정은 내게 없었다. 취직했고, 3년 일해 돈을 벌었고, 휴직하고 그토록 원하던 대학원에 내 힘으로 갔다. 학문이 내게 맞지 않다는 걸 깨닫고 결국 회사로 돌아왔지만, 그 대학원 생활이 내 인생의 귀중한 자산이 되었다. 쉽게 얻은 열매였다면 고마움을 몰랐으리라.

다시 '영시의 이해' 이야기로 돌아가자면 영시 수업을 들은 본질적인 동기는 아버지와 동등해지고 싶은 욕망, 인정받고픈 욕망, 당신의 딸이 당신과 유사한 세계에서 잘해내고 있다는 걸 보여주고픈 욕망이었다. 로버트 프로스트가 세상을 멸망하게 만드는 요인으로 짚었던 '욕망(desire)'이 나의 대학생활을 지배하고 있었다. 그때는 그 욕망 때문에 너무나 괴로웠는데, 지금은 덤덤하다. 시간은 많은 것을 치유한다.

§

'영시의 이해' 수업을 들을 때 가장 알고 싶었던 시인은 에드거 앨런 포(1809~1849)였다. 「애너벨 리」를 제대로 배우고 싶어서였다. 중학교 때 학교 앞 만화방에서 기억을 잃은 소녀가 주인공으로 나오는 이수미의 만화를 본 이후 나는 「애너벨 리」라는 시가 궁금해 미칠 지경이었다. 그 만화의 남자 주인공은 소녀가 포의 시 「애너벨 리」를 연상시킨다는 이유로 소녀에게 '애너벨'이라는 이름을 붙여주는데, 만화에서 일부 언급된 시구가 무척 멋있었다. 나는 용돈을 털어 국일문학사에서 나온 『세계의 명시』를 샀다. 오로지

「애너벨 리」 때문이었다.

> 오래고 또 오랜 옛날
> 바닷가 어느 왕국에
> 여러분이 아실지도 모를 한 소녀
> 애너벨 리가 살고 있었다.
> 너만을 생각하고 나만을 사랑하니
> 그 밖에는 아무 딴 생각이 없었다.

이렇게 시작하는 「애너벨 리」 전문을 마침내 읽게 되었지만, 그걸론 충분하지 않았다. 원문이 궁금했지만 인터넷이 없던 시절이라 중학생 깜냥으론 알 수 있는 방법이 없었다. 「애너벨 리」를 배우고 싶다는 소망은 결국 충족되지 않았다. 너무 길어서인지 교과서엔 그 시가 아예 수록돼 있지

않았고, 포에 대해서도 따로 배우지 않았다.

황동규 선생님은 그 대신 에밀리 디킨슨(1830~1886)과 실비아 플라스(1932~1963)를 힘주어 가르쳤다. 그는 예민한 여성의 비범한 예술성을 귀히 여겼다. 임신한 자신을 일컬어 그저 '수단

(means)'이자 '새끼 밴 암소(a cow in calf)'라며 자조하는 실비아 플라스의 「메타포(Metaphors)」를 가르치며 그는 말했다. "생각해 보세요. 이렇게 예민하고 똑똑한 여자가 임신한 자신의 몸을 긍정하기가 얼마나 힘들었겠어요?" 페미니즘에 대해 잘 알지 못했고, 결혼과 아이 갖는 일을 인생의 당연한 과업으로 여겼고, 모성(母性)이란 여성의 본능이라 알았던 당시의 나는 그 말을 이해하지 못했지만, 20년이 지난 지금까지 그 시와 그 가르침은 똑똑하게 기억난다.

최근 한국계 배우 샌드라 오가 가상의 미국 명문대 펨브로크대학교 영문학과 최초의 여성이자 유색인종 학과장 김지윤 교수 역을 맡아 열연한 넷플릭스 드라마 「더 체어(The Chair)」를 보면서, '영시의 이해' 수업을 다시 떠올렸다. 마이너리티로서의 삶이 내재화돼 체제 순응적일 수밖에 없는 아시아계 여성 역할을 슬프도록 현실적으로 그려낸 샌드라 오는 드라마 초반에 "나는 어떻게 아시아 여자가 에밀리 디킨슨을 가르칠 수 있냐는 말도 들었다."며 분개하는데, 나는 그에게 "아시아 남자도 에밀리 디킨슨을 잘만 가르치더라."는 말을 들려주며 위로하고 싶었다.

드라마의 엔딩에서 샌드라 오는 학생들과 함께 에밀리 디킨슨의 시 「"Hope" is the thing with feathers(희망은 날개 달린 것)」를 읽으며 토론한다.

"Hope" is the thing with feathers —
That perches in the soul —
And sings the tune without the words —
And never stops — at all —

And sweetest — in the Gale — is heard —
And sore must be the storm —
That could abash the little Bird
That kept so many warm —

I've heard it in the chillest land —
And on the strangest Sea —
Yet — never — in Extremity,
It asked a crumb — of me.

희망은 날개 달린 것 —
영혼의 횃대에 내려앉아
가사 없는 곡조를 노래하며 —
결코 — 멈추지 않네 —

돌풍 속에서도 가장 달콤한 노래 들려왔지 —
그렇게 많은 이를 따뜻이 감싸준 —

그 작은 새를 당황시킬 수도 있는
태풍은 매서웠으리라—

나는 가장 추운 땅—
가장 낯선 바다에서도 희망의 노래를 들었지만—
그러나— 결코— 극한 속에서도—,
그것은 내게— 빵 부스러기 하나 청하지 않았네.
(우리말 번역은 내가 했다.)

샌드라 오는 학생들에게 묻는다. "디킨슨은 무슨 뜻으로 희망이 가장 혹독한 상황에서도 빵 부스러기 하나 청하지 않았다고 했을까? 그리고 어째서 희망에 깃털이 달렸다는 걸까?"

이 시를 배운 적은 없지만, 그 수업 덕에 영문학 전공자가 아닌데도 에밀리 디킨슨이 낯설지 않았던 나는 기꺼이 샌드라 오의 학생들과 함께 시구를 음미할 수 있었다. 희망은 작은 새처럼 유혹적이고 변덕스러운 것이어서 여기저기 포르르 날아와 앉아 잠시 깃드는 듯하다가 다시 떠나길 반복한다는 이야기가 아닐까?

지치고 피곤해서 세상 만사가 다 부정적으로 보이던 날이었다. 디킨슨의 희망은 빵 부스러기 하나 달라 하지 않고 공짜로 주어졌나 보지만, 나의 희망은 참으로 욕심이 많아

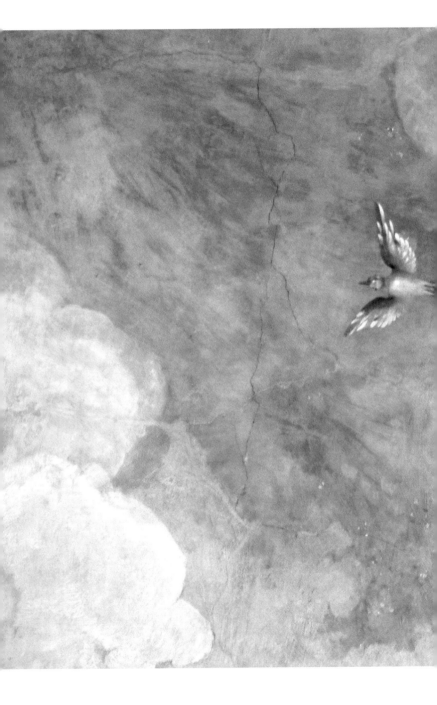

"희망은 내게 빵 부스러기 하나 청하지 않았네."

—에밀리 디킨슨

희망은 작은 새처럼 유혹적이고 변덕스러운 것이어서

여기저기 포르르 날아와 앉아 잠시 깃드는 듯하다가

다시 떠나길 반복한다는 이야기가 아닐까?

서 부스러기(crumb)가 아니라 덩이(loaf)로 빵을 갖다 바
쳐도 만족할 줄을 모르는구나. 은둔하며 살았다는 예민한
시인에게도 까다롭게 굴지 않았던 희망을 갖기가 내겐 왜
이리도 힘든 일일까, 희망 너 참 어렵다……, 생각하다가 텔
레비전을 껐다.

수업 교재

Thomas R. Arp, *Perrine's Sound and Sense: An Introduction to Poetry*, Harcourt

Brace & Company

7 무용함의 쓸모

"집에 돈이 많은가 봐요?"

중년의 남자 교수가 안경을 치켜올리며 물었다. 20여
년 전 대학입시를 치를 때의 일이다. 당시 나는 두 군데 대
학에 지원했는데 그중 한 군데 입시 면접에서 다른 곳은 어
디 지원했느냐는 질문을 받고 "서울대 고고미술사학과에
지원했다."고 했더니 돌아온 질문이었다. "집에 돈이 많지
는 않은데……." 질문의 의도를 파악하지 못해 허둥지둥하
며 얼버무렸다.

부잣집 딸들이나 가는 과. 내가 대학을 다닐 당시 우리
과에 대한 이미지는 그랬다. 어느 정도는 사실이었던 것 같
다. 고고학도 미술사도 태생적으로 귀족들의 학문이긴 했
다. 부유한 이들이 수집한 고대 유물들에 대한 관심에서
두 학문은 싹텄다. 그나마 고고학에 대해서는 영화 「인디

아나 존스」와 만화「마스터 키튼」의 영향으로 대중화된 덕에 사람들이 "멋있다!" 혹은 "정말 재밌겠다!"라며 호의적인 반응을 보였지만, 미술사에 대해서는 낯설어서 그런지 호사스럽다고들 생각했다.

예나 지금이나 인문학은 무용(無用)하다 여겨졌는데, 그중 무용한 이미지로는 미술사가 철학과 함께 톱을 달렸던 것 같다. 석사학위를 따면 국공립 박물관 및 미술관 학예연구사로 지원할 자격이 주어지므로 인문대치곤 드물게 확실한 취직 자리가 있어 의외로 쏠쏠한 학과였지만, 어쨌든 사람들이 떠올리는 이미지는 그랬다. 그리고 '인도미술사'는 대학 시절 들은 수많은 전공과목 중 가장 쓸모없어 보이는 과목이었다.

§

영국 귀족학교 학생도 아닌, 21세기 한국의 대학생이 굳이 인도미술사 수업을 들어야 하는 이유는? 지금은 불교미술사를 제대로 공부하려면 시원(始原)인 인도미술사도 공부해야 한다는 걸 알고 있지만, 그때는 아무리 생각해 봐도 알 수 없었다. 전공 필수과목도 아니었고, 나는 인도에 대해 큰 관심도 없었다. 그렇지만 선배들은 적극 권했다. 2년에 한 번 개설되는 수업이고, 수업 담당 교수의 전공이기도 하니 꼭 들어보라고. 동기들은 "재미있겠다!"며 설렜다. '뭐지? 마치 '인도미술사' 수업이 이 학과를 다니는 이상 꼭 완수해야만 하는 미션처럼 흘러가는 이 분위기는?' 의아했지만, 분위기에 휩쓸려 결국 수강신청을 하고야 말았다. 2학년 1학기였다.

수많은 조각상들이 어지러울 정도로 빽빽하게 붙어 있는 번잡한 모양새의 탑(塔), 젖가슴을 드러낸 채 관능적인 자세로 허리를 꺾고 나무에 기댄 풍요의 여신 약시상(像), 날렵하게 춤추며 회전하는 청동 시바상, 네 마리의 사자가 꼭대기에 앉은 아쇼카왕의 석주(石柱)……

수업을 들은 지 20년도 넘게 지난 지금 '인도미술사'라는 과목이 상기시키는 이미지들이다. 고백하자면, 나는 그 대부분을 진심으로 아름답다 여기지 않았다. 세상에는 여러 미감(美感)이 있겠지만 인도의 미감에는 나의 미감과는 어딘가 어긋나는 부분이 있었다. 시끄럽고 요란스럽게 느껴졌다.

물론 고대 그리스 조각상을 떠올리게 하는 고요한 표정을 짓고 있는 간다라 불상과, 어렴풋한 미소를 띤 아잔타 석굴 벽화, 강건한 육체미를 자랑하며 에너지를 뿜어내는 마투라 불상이 간혹 아름답다 느낀 적은 있다. 그렇지만 이들은 이국적인 분위기가 자아내는 묘한 자극에 더 가까웠다. 내 취향은 아니었다. 수업 시간에 슬라이드로 수많은 이미지들을 볼 때마다 어딘지 모르게 불편함을 느꼈다.

그 시절에는 대학이라는 권위에 눌려 그 느낌을 차마 인정하지 못했지만, 이제는 알겠다. 취향에 맞지 않는 이미지를 계속해서 보고 외우면서 시각적으로 스트레스를 받았던 것이다.

그 와중에도 강렬한 인상을 주는 작품이 있었다. 찰칵 소리를 내며 슬라이드가 넘어가고, 스크린에 파키스탄 라호르박물관에 소장된 석가모니 고행상이 비치던 순간의 기억을 잊을 수가 없다. 진리를 찾기 위해 단식 고행을 자처한 석가모니를 표현한 그 조각상은 오래 굶어 비쩍 말라 갈비뼈는 물론이고 몸의 장기까지 몽땅 드러날 것만 같은, 수척하다 못해 아사(餓死) 직전인, 그럼에도 결가부좌를 풀지 않고 단전 앞에 양손을 모은 채 꼿꼿하게 앉아 수행 중인 이글이글한 눈빛의 젊은 사내를 그려내고 있었다. 충격적이었다. 끔찍한 고통의 순간을 저렇게 사실적으로 표현하려고 한 예술가도 있구나.

석가모니가 깨달음에 이르기 위한 과정에서 고행이 중요한 단계였기 때문에 당시 간다라의 불교도들에게 고행상이 인기 있는 주제였다는 설명을 들으면서, 어릴 적에 읽었던 동서문화사 '소년소녀 세계위인전집' 중 석가모니의 일생을 다룬 『사캬』를 떠올렸다. 단식 고행을 하던 석가모니가 몸을 학대하는 것으로는 깨달음에 이를 수 없다는 걸 깨닫고는 수자타라는 소녀가 공양한 우유죽을 받아먹으며 기운을 차리는 장면이 그 책에 있었다. 나는 고통이라는 존재가 현현한 것만 같은 그 불상이 나의 고통을 대신 짊어져 주고 있는 것만 같다고 생각했다. 그 앞에 우유죽 한 그릇 바치며 엎드려 '나'라는 자그마한 우주를 온전히 떠맡기고 싶었다.

§

수업은 인더스 문명에 대한 강의로 시작했다. 이어 석가모니의 모습을 미술 작품에 직접적으로 표현하지 않았던 무불상 시대, 알렉산드로스의 동방 원정과 쿠샨왕조의 성립, 불상의 탄생과 불교미술의 흥륭(興隆) 등을 배웠다. 불교미술사를 본격적으로 배우기 위한 선수 과목 같은 것일 수도 있었겠지만, 나는 불교보다는 힌두교, 정확히 말해 힌두교 사상이 더 흥미로웠다. 그 수업을 듣기 전에는 어디에서도 힌두교에 대해 배운 적이 없었기 때문에, 새롭게 알게 된 종교의 독특한 논리에 이내 매료되었다.

인도학자 하인리히 침머가 쓰고 신화학자 조지프 캠벨이 엮은 『인도의 신화와 예술』을 읽었던 기억이 난다. 영생의 약(藥) 암리타를 얻기 위해 천년 동안 우유의 바다를 휘젓는 신(神)들의 이야기가 인상적이었다. 그렇게 오랫동안 우유를 휘저으면 버터가 만들어져야만 할 것 같은데, 힌두 신화에 따르면 그 우유 바다에선 암리타가 들어 있는 호리병

석가모니 고행상(2세기)

을 지닌 신들의 의사 단반타리뿐 아니라 세계가 탄생한다.

세상의 모든 것을 실재가 아니라 허깨비, 혹은 신기루로 보는 개념 '마야'도 재미있었지만, 무엇보다 나를 끌어들인 것은 '다르마(dharma, 法)'라는 개념이었다. 다르마, 즉 세계를 지키는 도덕 질서의 다리가 성스러운 황소처럼 네 개인 시대 '크리타 유가(Krita Yuga)'에 세상은 평화롭고 규율에 따라 바람직하게 움직이지만, 시간이 흘러 다리가 세 개, 두 개로 줄어들고 마침내 하나가 되어 누란지위(累卵之危)에 이르는 시기인 '칼리 유가(Kali Yuga)'가 도래하면 세상은 무법의 암흑천지가 된다는 이야기가 너무나도 상렬했다. 지금도 네 다리로 안정감 있게 서 있는 의자를 보면 무의식적으로 '음, 다르마가 네 개군. 세상이 제대로 돌아가고 있네.'라고 생각하게 된다.

다르마가 재미있었던 것은 그것이 절대적인 규율이 아니었다는 점 때문이었다. 힌두교에서는 각 카스트에 부여되는 다르마가 모두 다르다고 여긴다. 브라만에게는 브라만의 다르마가, 크샤트리아에는 크샤트리아의 다르마가, 바이샤에는 바이샤의 다르마가 있다. 따라서 상인(商人) 계급인 바이샤가 이문을 탐하는 것은 카스트의 다르마에 충실한 것으므로 비도덕적으로 여겨지지 않는다.

수업을 듣는 동안 '나의 다르마란 무엇일까?' 곰곰이 생각했는데, 아무리 생각해도 학생의 다르마는 공부라는 결론으로밖에 이어지지 않았다. 논어의 "君君臣臣父父子子"(임금은 임금답고 신하는 신하답고 아비는 아비답고 자식은 자식답게)와도 비슷한 덕목이지만, 공자의 그 말보다 힌두교의 '다르마'가 훨씬 더 친숙하게 느껴져서 요즘도 가끔씩 '기자의 다르마는 뭘까?' 하고 나 자신에게 묻곤 한다. 직업인의 세계는 무척이나 복잡한 것이어서, 대학생 때와는 달리 쉽사리 결론이 나지 않지만.

§

학자에게 주전공이란 젊은 날 가장 애정을 가지고 공부했던 분야일 것이다. 사랑과 열정을 쏟아 부은, 그래서 자신 있는 과목을 큰 부담 없이 학생들에게 가르칠 수 있었기 때문일까? 인도미술사를 가르쳤던 선생님이 내준 기말 과제는 대학 시절 내가 들은 그 어떤 강의보다도 창의적이었다. 한 학기 동안 강의를 들으며 느낀 것을 어떤 형태로든 자유롭게 표현해서 제출하라고 했다. 친구들이 냈던 기상천외한 과제들을 떠올리면 미소가 지어진다.

힌두교의 신 중 하나인 시바는 '난디'라는 이름의 황소를 타고 다니는데, '도예의 기초' 수업 시간에 도자기 황소를 만들어 "시바의 황소 난디예요."라며 과제로 낸 친구가 있었다. 친구들 몇몇은 모여서 인도 전통 춤을 추고는 그 장면을 캠코더로 촬영해 제출했다. 머리가 아플 정도로 단

인도식 밀크티 '짜이'를 만들어서 제출한 친구도 있었고, 또 다른 친구는 타지마할과 함께 인도의 대표적인 이슬람 건축물로 꼽히는 무굴제국의 왕 후마윤 묘를 판지로 만들어 내기도 했다. 돈을 나누어 내고 타지마할 퍼즐을 사서 완성해 제출한 수강생들도 있었고, 물론 고전적인 방식으로 리포트를 작성한 친구들도 있었다.

나는 짤막한 소설을 써서 제출했다. 「원(圓)과 기둥에 관한 명상」이라는 제목이었다. "역(逆)라가말라"라는 부제를 달았는데, '라가말라'란 인도 전통 음악 '라가'를 세밀화로 표현한 장르를 뜻한다. 인도미술사 시간에 본 이미지를 노래로 옮어서 글로 써보겠다는 치기가 당시의 내게는 있었던 것 같다.

인도미술사 수업을 듣는 세 명의 대학생 영준, 재윤, 다연이 내가 쓴 소설의 주인공이었다. 대학이라는 낯선 공간에서 갈팡질팡하는 주인공 영준은 같은 수업을 듣는 두 명의 여학생 재윤과 다연 모두에게 호감을 느낀다. 영준은 공부를 계속하겠다는 다연과 고시를 준비하겠다는 재윤을 인도미술의 기본 이미지인 원과 기둥에 빗대어 생각하며 마야, 다르마, 무슬림 건축, '라사(rasa)'(예술이 주는 즐거움이나 풍미) 등을 사유한다.

학기가 끝나고 과제를 돌려받았을 때, 맨 뒷장엔 "감명 깊게 읽었음. 대학 2학년 봄의 좋은 기록이 되겠다고 느꼈

윌리엄 대니얼, 「갠지스 강가」(1825년경)

춤의 왕 시바(11세기)

음. 영준, 재윤, 다연은 모두 분신들인가?"라는 선생님의 코
멘트가 달려 있었다. 당시엔 재윤이 나의 분신이고 영준과
다연엔 모델이 있다 생각했지만, 지금은 셋 다 모두 그 시
절 나의 자아였음을 알겠다.

창조의 신 브라마, 유지의 신 비쉬누, 파괴의 신 시바가
'트리무르티'라는 힌두교의 삼위일체를 이루듯, 그 셋은 결
국 하나였다. 재윤은 아버지의 뜻대로 고시공부를 해야 하
나 고민하던 나, 다연은 대학원에 가서 공부를 계속하고 싶
었던 나의 속마음, 영준은 이러지도 저러지도 못하고 혼란
에 빠진 또 다른 나였다.

나는 대학생 때 수업 자료를 보관하는 용도로 사용했
던 플라스틱 파일 상자에서 오래전의 그 소설을 꺼내 몇
장 넘겨보다가 얼굴이 화끈거려 그만 덮어버린다. 유치해서
일까? 아니다. 어리기 때문에 겁 없이 무장해제할 수 있었
던 자아의 민낯과 마주치는 일, 상처 입지 않기 위해 내
면을 철갑으로 둘러싼 40대의 내게는 견디기 힘든 일이어
서다.

§

인도미술사는 무용한 수업이었나? 그렇지 않다고 생각
한다. 생각하는 힘을 길러주었고, 새로운 지식을 안겨 주었
고, 한 인간으로서의 나를 성장하게 만들었다. 나는 이제

안다. 그 수업의 쓸모는 그 수업을 듣겠다 결심하던 시절의 내가, 그 수업이 무용하리라 여겼다는 점에 있다는 것을.

무용한 일에 시간을 투자하고, 쓸모 없는 것을 배우리라 도전하고, 쓸데없어 보이는 일에 노력을 기울이는 것. 그것이 대학이라는 공간에서 젊은 우리가 누릴 수 있는 가장 큰 특권이자 가장 소중한 가치였다는 걸. 그 시절 무용해 보였던 수많은 수업들이 지금의 나를 어느 정도 '교양 있는 사람'으로 만들어주었다.

2021년 8월 아프가니스탄에서 미군이 철수했고, 탈레반이 다시 정권을 잡았다. 아프가니스탄 사대를 이해하는 데 도움이 되는 책을 소개하는 기획기사를 준비하라는 지시를 받고는 후배와 둘이 바삐 움직였다. 아프간 문명에 대한 책 이야기를 하다가 "간다라 미술의 발원지인 페샤와르는 파키스탄에 속해 있지만 아프간과의 접경 지역이라 탈레반의 침범이 잦을 거야."라고 했더니, 외교학 전공인 후배가 "선배가 저보다 더 아프가니스탄을 잘 아시는 것 같아요."라고 했다. 나는 웃으며 답했다. "나는 외교를 모르잖니. 역사나 지리만 지엽적으로 알지. 아프가니스탄에 대한 내 지식의 대부분은 미술사를 통해 배운 거야. 대학 때 '인도미술사' 수업을 들었거든."

아쇼카왕 사자석주(인도 델리)

아쇼카왕 사자석주(네팔 부근의 로리야 난단가르)

코타의 디왈리 축제(1690년경)

명상하는 금욕주의자(1730년경)

수업 교재

벤자민 로울랜드, 『인도미술사』(예경)

이주형, 『간다라 미술』(사계절)

하인리히 침머, 조지프 캠벨 엮음, 『인도의 신화와 예술』(대원사)

8 지식의 터를 잡는 시간들

줄리아 로버츠 주연의 영화 「모나리자 스마일」(2003)
이 개봉했을 때, 나와 나의 대학 친구들은 열렬하게 그 영
화를 사랑했다. 우리를 매료시킨 건 영화의 첫 부분이었다.
미술사 전공 교수 캐서린 역을 맡은 줄리아 로버츠가 작고
납작한 플라스틱 마운트에 끼워진 슬라이드 필름 사진을
햇살에 요리조리 비추며 어떤 그림이 담겨 있는지 확인할
때, 우리는 마음속에 간직하고 있던 미술사학자의 이미지
를 그에게 투영했다.

　디지털 카메라가 도입되기 이전에 오랫동안 미술사 수
업은 책이나 도록에 실린 그림 사진을 슬라이드 필름으로
찍고, 슬라이드 프로젝터를 이용해 그것을 보여주는 방식
으로 진행됐다. 교수는 항상 슬라이드가 가득 든 트레이를
들고 강의실에 들어왔으며, 수업 전 스크린 앞에 프로젝터

요하네스 페르메이르, 「진주 귀고리를 한 소녀」(1665년경)

를 설치하는 것이 미술
사학과 학생들의 주요
임무 중 하나였다.

미술사 강의실은
그래서 항상 어두웠다.
수업의 주인공은 교수
도 학생도 아닌 그림이
었다. 커튼으로 창을
가려 빛을 차단한 후
에, 모든 빛이 스크린에
영사된 이미지에만 집
중되도록 했다. 슬라이드 프로젝터가 내뿜는 불빛이 거의
유일한 조명인 셈이었는데, 그 빛 속에서 하얀 먼지가 두둥
실, 마치 환영(幻影)처럼 떠다니곤 했다. 어둠 속에서 스크
린의 이미지에 눈을 고정한 채 교수의 목소리에만 의지해
필기하다 보니 강의 노트의 글씨는 항상 엉망이었다.

한 시간 반 정도 진행되던 강의 시간 동안 보통 50장
가량의 이미지를 보았다. 슬라이드는 미술사학자의 지물
(持物)처럼 여겨졌으니, 미술사학도라면 슬라이드를 든 줄
리아 로버츠의 아름다운 모습을 보고 미술사학자의 '이데
아'를 떠올리며 환호할 수밖에. 저마다의 마음속엔 각자의
'아트 히스토리언(art historian)'이 있었겠지만 내게 그 '아

123

트 히스토리언'은 '서양미술사 입문'을 가르친 학과 선배 J 언니였다.

§

'페르메이르(Vermeer)'라는 단어를 떠올릴 때면 북구 (北歐)의 차갑고 서늘한 공기가 아니라 빛이 생각난다. 요하네스 페르메이르(1632~1675) 특유의 비옥하고 풍요로운 색채를 반사하며 명료하고 경건하게 반짝이는 빛. '페르메이르'라는 화가의 이름을 처음 들은 것도, '밀크메이드(The Milkmaid)'라 불리는 암스테르담국립미술관 소장 「우유 따르는 여인」 그림을 처음 본 것도 2학년 1학기 때 들은 '서양미술사 입문' 수업에서였다.

교양필수 과목인 '서양미술사 입문' 수업을 맡았던 J 언니는, 당시 갓 석사학위를 받고 미국 유학을 준비 중이었다. 목부터 치마 끝단까지 금장 단추가 조로록 달린 검정 원피스를 입은 그가 슬라이드를 잔뜩 들고 수업에 나타났을 때, 동기들 중 누군가가 "보티첼리 그림 속 여자 같아!" 라고 속삭였다. 흰 피부에 부드러운 표정과 상냥한 눈동자, 그보다 더 상냥한 말투가 인상 깊었던 젊디젊은 선생님이었다. 강의실이 꽉 차도록 학생들이 들어찬 대형 강의였지만 일단 수업을 시작하면 무대 위에 올라선 노련한 배우처럼 학생들의 주의를 잡아챘기에 수업 분위기는 항상 무척 활기찼다.

'네덜란드 장르화'라는 단어를 처음 배운 날이 기억난다. 2000년 5월 14일의 일이다. 얀 스텐, 피터 데 호흐 같은 17세기 네덜란드 장르화가들의 작품을 여럿 보여준 J 언니는 "네덜란드 장르화를 너무 좋아해서 잔뜩 (슬라이드로) 찍어 왔다."고 말했다. 당시 우리에게 동경의 대상이었던 '보티첼리의 여인'이 애정하는 분야의 그림이라니 흥미를 가질 수밖에 없었는데, 이윽고 스크린에 등장한 이미지는 말을 잃게 만들었다.

소박하고 깨끗한 부엌에서 한 여인이 식사 준비에 열중하고 있다. 왼쪽 창에서 아래로 비스듬히 떨어지는 빛은 식탁을 내려다보는 여인의 시선과 교차한다. 여인은 주전자 안에 든 신선한 우유를 그릇에 따르는 참인데, 그림 속 빛의 하이라이트는 여인의 건장한 팔을 도드라지게 한다. 식탁 위에 놓인 바구니, 바구니 안의 갓 구운 빵, 흙으로 빚은 그릇의 차림새가 고요한 평화를 자아낸다.

페르메이르 특유의 우아한 노랑과 파랑은 이 작품에서도 도드라진다. 여인의 노란 웃옷, 파란 앞치마, 파란 소맷단, 그리고 식탁보 위에 걸친 푸른 천······. 그림에서 가장 진귀한 존재로 그려진 것은 음식이다. 희디흰 우유 줄기와 잘 익은 빵의 표면이 보석처럼 반짝인다. 그야말로 성찬(聖餐). "페르메이르는 일상적으로 벌어지는 일에 경건함을 부

요하네스 페르메이르, 「우유 따르는 여인」(1660년경)

요하네스 페르메이르, 「열린 창문 곁에서 편지를 읽는 소녀」(1659년)

여해 그렸다."고 J 언니는 설명했다. 암스테르담에서 그림을 직접 보았는데 그림이 걸려 있던 방이 햇살이 아니라 그림이 뿜어내는 빛으로 온통 빛나고 있었다는 이야기도 덧붙여 들려주었다.

이후 페르메이르는 내게 손꼽을 정도로 좋아하는 화가 중 하나가 되었다. (수업을 들었을 당시엔 '페르메이르'가 아니라 영어식 발음으로 '베르미어'라고 배웠다.) '북구의 모나리자'로 불리는 대표작 「진주 귀고리를 한 소녀」는 물론이고 「편지」 등 다른 그림들도 여러 점 직접 보았지만 아쉽게도 '밀크메이드'는 아직까지 실물을 보지 못했다. 일상을 사랑하며 일과에 충실하는 것이 종교적 행위일 수도 있다는 가르침을 준 이 그림을 직접 보기 위해서라도 언젠가는 네덜란드에 가보고 싶다.

§

페미니즘 미술에 대해 처음 배운 것도 그 수업에서였다. 아버지의 동료에게 성폭행당한 후 겪은 고통과 치욕을 「홀로페르네스의 목을 베는 유디트」처럼 여성의 힘을 보여주는 주제로 그려낸 이탈리아 화가 아르테미시아 젠틸레스키에 대한 이야기를 들었다. 컨템포러리 아트에 대해 배우면서 조지아 오키프는 물론이고 신디 셔먼이나 주디 시카고 같은 1970년대 이후 페미니스트 예술가들의 작품을 보기도 했다.

페미니즘이란 '여성 운동' 정도로 알고 있었고 어떤 '사상'이라 생각해 본 적이 없었는데, 그 논리에 따라 만들어진 미술 작품이 있다는 걸 알게 되었다는 사실 자체가 내게는 새로운 세계에 눈을 뜨게 된 경험이었다. 글이 아니라 시각 이미지로 여성이 차별받는 현실, 여성의 권리 등을 부르짖을 수 있다는 사실이 문자 언어의 세계에서만 살아온 나를 계몽시켰다.

교양 강의에 '입문'이라 깊이가 있기 어려운 수업이었지만, 그렇게 한 학기 동안 서양미술사 전반을 죽 훑은 것이 이후 공부를 하는 데 주춧돌이 되었다. 그리고 그 모든 것의 기본은 암기(暗記)였다. 주요 이미지들을 스크린에 띄워놓고 제목, 연대, 특성 등을 기술하는 슬라이드 테스트가 시험에 포함돼 있었기 때문에 시대를 관통하는 키(key)가 되는 이미지들을 외우고 또 외웠다. 그 훈련이, 세월이 오래 지난 후 그림에 대한 책을 쓰게 되었을 때 많은 도움이 되었다.

인터넷의 발달로 누구나 구글링 몇 번만 거치면 미술에 대해 제법 이야기할 수 있는 시대가 왔지만, 나는 미술사를 전공한 사람의 강점은 여기에 있다고 생각한다. 끊임없는 훈련을 통해 완전히 외워버려 자기 것이 된 이미지, '시대의 얼굴'이라 부를 수 있을 만큼 어떤 시대를 표상하

아르테미시아 젠틸레스키, 「자화상」(1638년경)

는 이미지들에 대한 데이터가 체계적으로 뇌 속에 축적되어 있다는 것. 그 사실이 작품을 누리는 경험의 밀도를 향상시키고, 작품을 남에게 설명할 때의 깊이를 다르게 한다.

많은 사람들이 이른바 '주입식 교육'을 비판하며 창의적인 교육이 필요하다고 말하지만, 아직 뇌가 굳어버리기 전이라 외우는 일이 얼마든지 가능할 때 암기로 지식을 주입하는 일이 선행되지 않는다면 대체 무엇을 토양 삼아 창의성이라는 꽃이 자라날 수 있을까? '창의적'이라는 것은 여러 연구 끝에 합의된 기본적인 지식을 소화해 바닥을 잘 다진 다음 단계에서의 도약을 뜻하는 것이지, 허공으로 무작정 날아오르는 것을 이야기하지 않는다. 그런 '창의성'은 영화 속에나 있다.

서양미술사 입문 수업을 듣던 대학 2학년의 나는 작품의 맥락이며 역사적 의미 같은 걸 깊이 이해할 새도 없이 굶주린 새끼 짐승이 어미 젖을 빨듯 무조건 외워버렸다. 그때의 나는 '이런 암기가 무슨 의미가 있나?' 냉소했지만, 나이가 드니 삶의 어느 순간 옛 생각이 나면서 '그때 그 작품이 이런 의미였겠구나.' 하고 이해되는 경험과 깨달음의 기쁨이 종종 찾아온다. 누군가는 '암기'를 '절반의 앎'이라며 비웃지만, 그 절반의 앎이 시작되지 않으면 완전한 앎이란 것도 이루어지지 않는다.

인문학을 창의성과 연관시키는 사람들은 많다. 그렇지

만 암기의 중요성에 대한 이야기는 잘 하지 않는다. 나는 이러한 상황이 기이하다. 주입식 입시 교육에 모두들 진절머리가 나서일까? 아니면 '토론식' 서구 문화에 대한 열등감과 동경 때문일까?

창의성과 깊이에 대한 공허한 이야기들을 늘어놓기 전에 주입식 교육부터 알차게 하며 단단히 터를 잡아놓았으면 좋겠다. 소수의 천재를 제외한 우리 범인(凡人)들에게, 창의성과 깊이는 그 터 위에 세월을 통해 얻은 경험으로 차근차근 쌓아올리는 것일 테니 말이다.

지식을 마구잡이로 주입하는 일의 의미를 생각할 때면 버락 오바마 전(前) 미국대통령이 떠오른다. 회고록 『약속의 땅』에 그는 흑백 혼혈에 아버지의 부재 속에서 스스로를 "모든 곳에서 왔으면서도 어디에서도 오지 않은 사람처럼" 느꼈던 어린 날, 기묘한 감정이 찾아들 때면 책에서 피난처를 찾았다고 썼다. 10학년(고등학교 1학년) 즈음 집 근처 교회 바자회에서 그는 관심이 가거나 막연히 친숙해 보이는 책들을 꺼내 상자에 담았다. 랠프 엘리슨과 랭스턴 휴스, 로버트 펜 워런과 도스토옙스키, D. H. 로런스와 랠프 월도 에머슨의 책들이었다.

나는 이 책들을 모두 읽었다. (······) 그때 읽은 것들 대부분은 막연하게만 이해했다. 낯선 단어는 동그라미를 쳐뒀다가 사전에서 찾아봤지만, 발음은 깐깐히 따지지 않았다. 20대에 훌쩍 접어들고도 뜻은 아는데 발음하지 못하는 단어가 많았다. 운율도 패턴도 없었다. 나의 집 차고에서 낡은 브라운관과 볼트와 남는 전선을 모으는 꼬마 기술자 같았다. 이걸로 뭘 할지는 몰랐지만, 내 소명의 성격을 알아내는 날엔 쓸모가 있을 거라 확신했다.

— 버락 오바마, 『약속의 땅』(웅진지식하우스)에서

§

미국 페미니즘 미술의 선구자 주디 시카고(1939~)의 대표작 「디너 파티」(1974~1979)를 마침내 실견하게 된 것은 뉴욕에 살았던 2016년 겨울이었다. 브루클린미술관에 갔다가 우연히 들린 전시실에서 「디너 파티」와 마주쳤다. 브루클린미술관에 「디너 파티」가 있다는 사전 정보 없이 갔지만 작품이 눈앞에 펼쳐졌을 때 나는 단번에 '그 작품'임을 알아볼 수 있었다. 16년 전 서양미술사 수업 시간에 이미지와 연계시켜 외운 정보들이 머릿속에서 좌르륵 펼쳐졌다.

주디 시카고의 「디너 파티」: 정삼각형으로 놓인 테이블의 각 변마다 열세 명씩 앉게 되어 있는데, 열셋은 예수가 제자들과 함께 앉은 '최후의 만찬' 테이블에

아르테미시아 젠틸레스키, 「수산나와 두 늙은이들」(1610년)

아르테미시아 젠틸레스키, 「홀로페르네스의 목을 베는 유디트」(1614~1620년)

참석한 사람들 수를 상징한다. 작품은 역사에서 잊혀진 여성들을 기리는 파티 테이블로 테이블마다 포도주 잔과 정찬 접시가 놓여 있는데, 이 역시 「최후의 만찬」에서 사용된 성배를 상기시킨다. 각 자리는 고대 신화나 전설 속 여성들과 버지니아 울프나 조지아 오키프 같은 현대 여성 예술가들을 위한 것이고, 테이블 클로스에 놓인 자수와 아플리케, 도자기의 섬세한 세공은 여성의 일로 폄훼되었던 수공예를 신성화하는 의미가 있다. 접시의 형태 역시 여성의 자궁을 형상화한 것으로, 저급하다 여겨졌던 여성의 신체를 거대화 및 신성화한 것이다. 작품은 5년간 400여 명의 여성이 참여한 협동 작업으로, 이는 길쌈을 비롯해 인류 역사상 여러 여성들의 협업으로 이루어졌던 노동을 상징한다.

나는 느긋하게, 오래전 친구를 다시 만난 것 같은 기분으로 작품을 살펴보았다. 작품에 대한 기본적인 사항은 알고 있으니 이제는 즐길 차례였다. "아는 만큼 보인다."는 말을 맹신하지는 않는다. 그렇지만 어느 정도 일리는 있다고 생각한다. 예전엔 나도 "지식 따윈 필요 없어. 그냥 느끼는 거야."라는 말을 즐겨 했지만, 이제는 그 생각이 오만이라는 걸 알겠다. 구상회화는 작품에 대한 정보 없이도 이미지의 아름다움만 만끽하며 보고 즐기는 데 무리가 없지만, 작품 자체의 시각적 구체성과 아름다움이 드문 개념미술 작품을 볼 때는 '굳이 생각하지 마세요. 그냥 보고 느끼세요.'라는 말을 따르기가 쉽지 않다. 미술관에 갈 때마다 새 친구와 오랜 친구를 고루 만나며 첫 만남의 신선함과 재회의 기쁨을 균형 있게 누릴 수 있게 된 것은, 많은 부분 '서양미술사 입문' 수업을 들은 덕일 것이다.

나의 영원한 '모나리자 스마일'인 미술사학자 J 언니와는 20년이 지난 지금도 교류하고 있다. 처음엔 '선생님'이라 불렀다가 수업이 끝난 후에는 '언니'가 되었는데, 최근 만남에서는 할머니가 되어도 서로를 잊지 말고 가끔씩 만나 함께 식사하기로 약속했다. 그렇게 우리는 '친구'가 되었다. 마흔 넘으면 서서히 알게 된다. 지금 연락하고 있는 사람들이 높은 확률로 노년을 함께할 친구가 되리라는 걸. 너무 외워서 내 일부분이 되어버린 것만 같은 어느 이미지들처럼, '보티첼리의 여인'도 어느 순간 내 인생에서 떼어놓기 힘든 존재가 되어버린 것이다.

2학년

주디 시카고, 「디너 파티」(1979, 뉴욕 브루클린미술관), Photo © Donald Woodman, Photo courtesy
of Judy Chicago / Art Resource, NY, © Judy Chicago / ARS, New York - SACK, Seoul, 2022

수업 교재

E. H. 곰브리치, 『서양미술사』(예경)

필립 예나원, 『현대미술 감상의 길잡이』(시공사)

린다 노클린, 『페미니즘 미술사』(예경)

우정아, 『남겨진 자들을 위한 미술』(휴머니스트)

9 또 다른 세계를 열어주는 문

중국어1(2학년 여름 계절학기)

중국어2(4학년 1학기)

"짜이 찌엔(再见)!" 손을 흔들며 인사를 하더니 친구들은 과방을 빠져나갔다. 중국어 수업을 들으러 간다며 '교양 중국어' 교재를 품에 안고 있었다. "'짜이 찌엔'이 무슨 뜻이야?" 과방에 남아 있던 다른 친구들에게 물었더니 "또 보자는 뜻이야."라는 답이 돌아왔다. 불어의 'Au revoir.'와 비슷한 뜻이군. 나도 중국어 배워볼까?

§

외국어에 관심이 많은 편이었다. 영어는 당연히 잘하고 싶었고, 샹송을 부르고 싶어 불어를 배우고 싶었으며, 일본 문화에 관심이 많아 일본어도 익히고 싶었다. 독문학 관련 강의를 들은 이후엔 독일어에 호기심이 생겼고, 스페인어 발음이 노래처럼 아름답다는 걸 알고는 스페인어 수업을 들어볼까도 생각했다.

하지만 그 많은 '배우고 싶은 언어' 리스트에 중국어는 없었다. 일단 발음이 우스꽝스럽다고 생각했다. 불어로 이야기하고 있는 나를 상상하면 낭만적이었고, 독어로 말하고 있는 나를 그려보면 지적으로 보였다. 스페인어로 인사하는 내 모습은 명랑하게 여겨졌고, 일어로 대화하는 나는 귀여울 것 같았다. 중국어로 말하는 나는…… 코믹하고 시끄러울 것 같았다.

중국문화에도 관심이 없었고, 중국에 가보고 싶다는 생각을 해본 적도 없었다. 공산국가라는 이미지가 강해서인지 땅덩이가 지나치게 넓다고 생각해서인지, 아니면 말이 아예 안 통한다고 여겨서인지 중국 여행은 위험하다 생각했다. 대학교 2학년 여름방학 때 유럽 배낭여행을 가면서 경유 비행기를 갈아타느라 베이징의 호텔에서 1박 한 적이 있는데, 공항이 굉장히 넓었고 아침에 호텔 창문을 열자 자전거 탄 사람들이 씽씽 지나갔다. 그게 중국에 대해 내가 가진 기억의 전부였다.

홍콩의 광둥어와 베이징의 만다린은 완전히 다른 언어나 마찬가지이지만, 청소년기에 홍콩 영화라도 좀 보았다면 그래도 중국에 대한 호감을 가졌을 텐데 나는 또래들과는 달리 장국영이나 주성치, 유덕화 등이 나오는 홍콩 영화를 전혀 본 적이 없었다. 초등학교 때는 집에 비디오가

없었고 중학교 때 생겼는데, 부모님의 허락을 받지 않고는
마음대로 비디오테이프를 빌려다 볼 수가 없었다. 그 시절
엔 왜 그랬는지 모르겠지만 홍콩 영화는 할리우드 영화에
비해 퇴폐물처럼 취급되는 분위기가 있었다. 어쨌든 그래
서 중국 대중문화와는 담을 쌓다시피 하고 보냈다.

물론 『금잔화』를 비롯한 대만 작가 경요(瓊瑤)의 소설
을 탐닉했고, 계림문고 축약판으로나마 『삼국지』도 읽었으
며, 루쉰(魯迅)을 의무적으로 읽긴 했지만. 중국적인 것과
는 기질적으로 맞지 않았던 것 같다. 거대하고 화려한 것보
다는 자그마하고 섬세한 걸 좋아했다. 수업이 개설뇌지 않
은 일본어는 굳이 학교 언어교육원에까지 등록하며 배웠지
만 여러 수업이 개설돼 있는 중국어를 배워야겠다는 생각
은 좀처럼 들지 않았던 것도 그 때문이다.

§

그렇지만 세상은 나의 취향이나 기질과는 거리가 멀게
흘러가고 있었다. 2000년대 초반엔 중국어 붐이 일었다. 앞
으로 세상을 지배하는 언어는 영어가 아니고 중국어가 될
거라는 전망이 일면서 '실용(實用)'을 이유로 다들 중국어를
배웠다. 내키지 않는데 배워야만 할까?

여러 번 고민하다가 대학 2학년 여름방학 때 계절학기
로 교양 '중국어1' 수업을 듣게 되었다. 대학 시절 들은 수

업 중에서 친구 따라 강남 가는 식으로 듣게 된 수업들이 꽤 있는데, 이번에도 친구들의 영향을 받았다. 친구들이 너도 나도 듣는 걸 보면 뭔가 이유가 있겠지 싶었다. 나의 좁은 세계를 친구들이 넓혀주었다.

중국어 수업을 듣고 싶으니 계절학기 수업 등록금을 달라는 이야기를 들은 엄마는 "중국어까지 하려고? 하나라도 제대로 하지 그렇게 이것저것 해서 뭐 할래?"라고 했지만, 나는 자신있게 대답했다. "엄마. 일단 문을 열어놓는 게 중요해. 문을 열어놓으면 언제라도 들어갈 수 있잖아. 대학교 때 조금씩이라도 이런저런 언어를 접해 놓아야지 나중에 사회인이 되어서 혹시 필요하게 되더라도 겁 없이 다시 시작할 수 있지." 20년이 지난 지금 돌아보니 그 시절의 나, 정말 똑 부러지게 사리에 맞는 말을 했구나. 문만 열어놓고 발을 들이밀지 않았다는 것이 문제이지만.

어쨌든 나의 중국어 수업은 그렇게 시작되었다. 무더운 여름이었다. 에어컨 없는 교실에서 더위와 싸우며 중국어의 자모와 성조를 배웠다. 수업을 담당한 강사의 단정한 블라우스는 수업이 끝날 때쯤이면 땀자국으로 얼룩덜룩해져 있었다. 모든 외국어가 그렇지만 수업 첫날에 배운 인사말은 세월이 오래 지나도 또렷이 기억난다.

"你好!(니 하오)"(안녕하세요!), "同学们好!(통수에먼 하오)"(학생 여러분 안녕하세요!), "老师好!(라오슈 하오)"(선생님 안녕하

십니까!) 등등. 경쾌하고 활기찬 중국어 인사말을 되뇌어 보노라면 땀으로 끈적끈적했던 그 중국어 수업 시간의 분위기, 강의실에 모여 앉은 학생들의 체온에 더 달궈지던 후텁지근한 여름 공기가 이어 떠오른다. '베이징의 여름은 무척 덥다는데, 이보다 더 더운 것일까?' 종종 궁금했다.

하고 싶지도 않은데 필요하다고 생각해 계절학기 수업까지 들어가며 배운 언어이니만큼 열심히 잘하겠다는 마음이 분명히 있었을 텐데, 나의 의욕은 수업 초반에 꺾였다. 성조에 대해 배울 때였는데, 선생님은 경성(輕聲)을 포함한 다섯 가지 성조 중 제4성이 제일 어렵다고 하면서 한마디 덧붙였다. "경상도 사람들이 특히 이 제4성을 발음하기 힘들어해요. 제가 학교 다닐 때 보면 그중에서도 마산, 진주 사람들은 아무리 해도 안 되더라고요." 나 진주 출신인데······.

딱히 듣고 싶어서 들은 수업도 아니었는데, 해도 안 된다는데 뭐. 열과 성을 다하고 싶을 리가 없었다. 수강신청 철회 기한은 지났으니 중도에 그만둘 수도 없고, 시험은 봐야 하니 공부는 해야겠고. 그래서 입시 공부하는 고3처럼 꾸역꾸역 수업을 들었고, 어떻게 끝냈는지도 모르게 계절학기를 마쳤다.

썩 유쾌하지 않은 기억과 함께 '중국어1' 수업을 마무리했는데, 시간이 흘러 대학교 4학년 1학기가 되었을 때 나는 다시 '중국어2' 수업을 듣고 있었다. 친구 따라 강남 가는 습성과 이놈의 팔랑귀가 문제였다. 중국어 공부를 열심히 하던 친한 후배 J가 '중국어2' 수업을 듣는다기에 엉겁결에 따라 들었다.

이번엔 여름이 아니라 따스한 봄이었고, 함께 듣는 친구가 있었고, '중국어1' 수업 때 기본적인 걸 익혀놓아서 그런지 그렇게 힘들지 않았다. 교과서의 지문을 외워 와 사람들 앞에서 짝과 함께 대화를 나누는 시범을 보이는 과제가 자주 주어졌는데, J와 함께 열심히 연습해서 즐겁게 임했다. 심지어 선생님으로부터 "이 팀이 잘하니까, 여러분, 잘 지켜봐요."라는 말도 들었는데, 순전히 J 덕이었다.

나의 중국어 인생은 두 번의 수업을 들은 것으로 막을 내렸고 사회인이 되어서도 힘겹게 열어놓은 그 문을 다시 밀고 들어가는 일은 일어나지 않았지만, J는 중국어 공부를 더 하겠다며 이후 베이징으로 떠났고 지금은 현지인 수준으로 중국어를 구사하면서 국제기구에서 일하고 있다. 대학에서 만난 친구들은 대개 나보다 높은 곳을 보았으며, 멀리 뛰었고, 부지런하고 성실했다. 내가 비록 그들의 고아(高雅)한 기준에는 못 미치는 인간일지라도, 곁에 그런 이들이 있다는 것만으로 자극이 되었고 눈이 트였다. 대학이라는 공간뿐 아니라 친구들 하나하나가 새롭고 귀한 세계였다.

§

2000년대의 중국어 붐이 무색하게 '중국어가 영어를 대체하는 세상'은 아직 오지 않았다. 얼마 전엔 2022년 전국 중고교 중국어 선발 교사 인원이 0명이라는 뉴스로 신문지상이 떠들썩했다. 학생들이 성조나 한자를 배우기 어려워하는 데다 최근의 반중(反中) 분위기도 한몫 한다고 했다. 한때는 중국과 중국어를 배운다는 사람들로 주변이 붐볐는데, 그러고 보니 요즘은 잠잠하다.

20대 때의 귀한 두 학기를 좋아하지도 않는 중국어에 투자한 나는 헛짓을 한 걸까? 자문해 보지만 그런 생각은 들지 않는다. 하나의 언어를 조금이나마 안다는 것은 세계를 보는 또 다른 눈을 가지게 되는 일이기 때문이다. 중국어를 유창하게 하지 못하지만, '사과'가 중국어로 '苹果(핑궈)'라는 걸 알고 있다.

유독 '苹果'를 기억하는 이유는 중국어1 시험을 볼 때 "사과를 중국어로 쓰시오."라는 문제의 답에 '苹'을 '平'으로 적어 틀렸기 때문이긴 하지만, '애플(apple)'과 '폼(pomme)', '링고(リンゴ)' 말고도 또 다른 언어로 '사과'를 이야기할 수 있다는 사실이 삶을 좀 더 정교하고 다채롭게 만든다고 생각한다.

에덴동산의 이브를 유혹해 인간을 고통스러운 삶으로 몰아넣었고, 뉴턴에게 '중력'이라는 위대한 발견을 하도록

하며, 백설공주를 깊은 잠에 빠뜨린 이 새콤한 과일이 여러 언어에서 각각 다르게 불린다는 사실이 신비롭지 않은가? '사과'와 '핑궈'와 '애플'과 '폼'과 '링고' 중 가장 사과와 잘 어울리는 단어는 어떤 것일까를 곰곰이 생각해 보는 일이 즐겁다고 하면 이상해 보이려나?

2008년 베이징올림픽 당시 다이빙 금메달리스트 궈징징(郭晶晶)이 나와 종씨라는 사실도 알았는데, 이 역시 순전히 중국어 수업에서 곽(郭)을 '궈'라고 발음한다는 걸 배웠기 때문이다. ''궈징징'이라 할 때는 징징대는 느낌이었는데, '곽정정'이라고 하면 엄숙해 보이잖아!' 하면서 같은 글자가 한국과 중국에서 어떻게 발음되는지를 비교해 보는 것도 재미있는 일이고.

첫 책 『그림이 그녀에게』가 중국에서 번역되어 나올 때, 순우리말 이름을 가진 내게 한자 이름을 알려달라기에 거침없이 '궈야란(郭雅藍)'이라 지어 보낸 것도, 따지고 보면 중국어 수업을 들었기 때문에 할 수 있었던 일이다. 중국 출판사에서 "그림이 그녀에게"라는 제목을 "在梵高的星空下歲月流轉"(반 고흐의 별이 빛나는 하늘 아래 세월은 흐르고)라고 옮겼을 때엔 좀 의아하긴 했지만.

§
'중국어1' 선생님은 내 의욕의 싹을 잘라버린 것과는

별개로 아주 의욕이 넘치는 분이었다. 어떻게든 학생들에게 흥미를 불러일으키려고 몇몇 중국어 노래를 가르쳐주셨다. 그중에서 영화 「첨밀밀(甜蜜蜜)」 주제가 「첨밀밀(꿀처럼 달콤하다)」과 「달빛이 내 마음을 대신 말해 주네(月亮代表我的心)」가 기억난다. 덥고 습한 여름이었지만, 그 노래들을 배우던 시간만은 흥겨웠다.

영화 「첨밀밀」 포스터

「달빛이……」도 좋지만 '티엔미미'라 발음하는 「첨밀밀」의 후렴구가 나오면 아직도 나도 모르게 따라 부르게 되는데, 채림이 수학 선생님(감우성)을 좋아하는 여고생으로 나와서 인기를 끌었던 드라마 「사랑해 당신을」의 OST인 「아임 스틸 러빙 유(I'm Still Loving You)」가 등려군의 노래 「첨밀밀」을 리메이크해 부른 것이라 멜로디가 익숙해서 더 그랬을 것이다.

在哪里 在哪里见过你(짜이 날리 짜이 날리 찌엔궈니)
어디에서 어디에서 당신을 본 적이 있었을까요

你的笑容这样熟悉(니 더 샤오롱 쩌양 슈시)

너의 웃는 모습 이렇게 익숙한데

我一时想不起(워 이시 샹 부치)

한순간에 생각이 나지 않습니다

啊 在梦里(아 짜이 멍리)

아, 꿈속에서였구나

梦里梦里见过你(멍리 멍리 찌엔꿔 니)

꿈속에서, 꿈속에서 당신을 보았어요

甜蜜笑得多甜蜜(티엔미 샤오 더 두오 티엔미)

달콤하게 웃는 모습이 그렇게도 달콤했습니다

是你 是你 梦见的就是你(쉬 니 쉬 니 멍찌엔 더 지우쉬 니)

당신이군요 당신이군요 꿈에서 본 사람이 바로 당신이군요

코믹한 발음과는 달리 "꿀처럼 달콤하다"는 노래 제목처럼 꿀이 뚝뚝 떨어지는 것만 같은 사랑스러운 가사. 달콤하게 웃는 모습이 다디달았던, 꿈속에서 보았던 그 사람이 바로 당신이라는 깨달음을 어여쁜 말들로 고백하는 이 노래를 배웠을 때, 아무리 해도 친숙해질 수 없었던 그 '거대한 나라'와는 도무지 어울리지 않아 보이는 보드라운 감성에 어리둥절했다. 그러다 이내 이 서정성이 내가 사랑하는 당 시인 이백의 시와 같은 줄기의 것임을 깨닫고는 고개를

끄덕였다.

　대학을 졸업한 후 홍콩은 출장과 여행으로 여러 번 가 보았지만, 중국 본토엔 1박2일짜리 상하이 출장을 제외하곤 가본 적이 없다. 베이징의 여름을 겪은 적도 없고, 「첨밀밀」도 아직 보지 못했다. 그렇지만 때때로 입을 열어, 외우고 있는 몇 안 되는 중국어 문장을 가만히 말해 본다. "她是我的老师(타 쉬 워 더 라오슈)"(그녀는 나의 선생님입니다.), "明天你來吗?(밍티엔 니 라이 마)"(내일 오시나요?)…… 아무도 듣는 이 없지만 혼자 종알거리고 있자면 좀처럼 사용할 일 없는 성대의 깊숙한 부분이 미세히게 떨리면서 기적 소리처럼 구슬프게 울린다. 거대한 미지의 세계와 나 사이를 가로막고 있던 문이 잠시, 빼꼼히 열린 것 같은 기분이 든다. 그 틈새로 살풋, 바람이 분다.

수업 교재

허성도, 『쉽게 배우는 중국어 입문』(사람과책)

10 계속 생각하게 만드는 힘

영미단편소설 강독(2학년 2학기)

읽고 나서 오랫동안 곱씹게 되는 책이 있다. 읽을 때 의미를 알 수 없었고 시간이 오랜 지난 후에도 좀처럼 파악할 수 없지만, 그럼에도 계속해서 생각하게 되는 책. 내게는 제임스 조이스(1882~1941)의 단편집 『더블린 사람들(Dubliners)』이 그런 책이다. 사놓고 읽지 않은 책이 거실 바닥에 자그마한 언덕을 이루고 있지만, 한글날 연휴 초입에 굳이 『더블린 사람들』 번역본을 구입해 꺼내든 것은 이 책에 실린 열다섯 편의 단편 중 알쏭달쏭한 몇몇을 다시 읽어보고 싶었기 때문이다.

여러 번 읽은 영어 원서가 책장에 꽂혀 있었지만 이번엔 한글판으로 읽어보고 싶었다. 모국어로 읽으면 읽을 때마다 안개처럼 흩뿌려지던 모호함이 조금은 걷혀 나갈까? 의문과 기대를 가지고 시작한 독서였지만, 책장을 덮을 때

쯤엔 희미한 실망이 찾아왔다. 한국어로 읽는다고 해서 또렷해지는 작품이 아니었던 것이다. 작품은 오히려 원어로 읽을 때 더 명료했다.

§

제임스 조이스와 황동규. 대학교 2학년이었던 2000년 가을에 '영미단편소설 강독' 수업을 수강한 것은 이 두 이름이 탐나서였다. 바로 전 학기에 들은 시인 황동규 선생님의 '영시의 이해' 수업이 무척 재미있었기 때문에, 황 선생님의 수업을 계속 듣고 싶은 생각이 있었다. 그렇지만 그 수업이 꼭 '영미단편소설'이어야 하는가는 의문이었는데, 지적인 나의 친구들은 기쁨에 들떠 있을 때의 빨강 머리 앤처럼 두 눈을 살풋 내리깔고 양손을 가슴 앞에 모아 쥔 채 한숨을 섞어 경탄했다. "제임스 조이스를 가르치신대!"

그러고는 다들 우르르 함께 수강신청을 했다. 제임스 조이스, 무지 어려운 작가 아닌가? 그런데 애들은 왜 다 조이스에 열광하는 거지? 얼떨결에 친구들을 따라 수강신청을 해버리고야 말았다. 전공 과목과 교양필수 과목을 제외하고 가장 많은 친구들과 함께 들은 수업이었다.

수업 교재였던 『Dubliners』는 신아사에서 나온 책이었다. 원서 곳곳에 우리말로 주석이 달려 있었다. 원래의 책 표지가 무엇이었는지는 기억나지 않는다. 2000년대 초반의 대학 교재가 으레 그랬듯 딱딱하고 음울한 표지였겠지. 학교 서점에서 산 책에 친구가 풍선을 든 곰돌이 푸가 그려진 포장지로 커버를 씌워주었고, 그 커버를 아직도 벗기지 않았기 때문에 『더블린 사람들』을 생각하면 항상 귀여운 곰돌이가 먼저 떠오른다. 알록달록하고 깜찍한 표지와 어둡고 무거운 내용이 대비되어 더욱 오래도록 기억에 남은 책이다.

§

아직도 간직하고 있는 소략한 강의계획시에는 딱 다섯 줄이 적혀 있다.

* Flaubertian 'le mot juste'
* Paralysis — in Dublin, in Ireland, and in the modern world
* Epiphany — realities in things and affairs which appear momentarily to the protagonists
* Symbolism — an important device in Joyce and most of the modern writers
* Joycean 'Non Serviam'

맨 첫줄에 적힌 "Flaubertian 'le mot juste'"(플로베르의

'일물일어')가 기억난다. 프랑스 작가 귀스타브 플로베르는 모든 사물과 현상에는 적확하게 그를 표현할 수 있는 딱 하나의 단어가 있다는 '일물일어설(一物一語說)'을 주창했는데, 조이스는 플로베르의 영향을 많이 받았다고 한다.

'르 모 쥐스트'라는 개념이 당시의 우리에게 무척 신선하게 여겨졌던 모양이다. 그 수업이 끝나고 나서도 종종 수업을 함께 들은 친구들과 함께 "너의 '르 모 쥐스트'는 ~야."라며 서로의 특색을 잡아내어 놀리곤 했다. 그 과정에서 한 친구가 "곽아람의 '르 모 쥐스트'"라며 붙여준 별명이 '짜가 클래식'이었는데, 겉으로는 제법 고상해 보이지만 알고 보면 매일 길을 헤매는 방향치에 엉뚱한 면이 많은 허당이라는 뜻이었다.

두 번째 줄의 'Paralysis'(마비)는 이 소설집에 실린 작품들이 더블린과 아일랜드, 나아가 현대 세계의 도덕적 마비 상태를 상징한다는 이야기다. 타락한 가톨릭교회, 망가진 영혼들이 들끓는 수도(首都)를 탈출해 순수한 곳으로 도망치고 싶어 하는 인물들의 갈망이 책 전반을 지배한다. 책을 읽다 보면 물 없이 고구마 몇 개를 연달아 먹어치운 것처럼 목이 막히고 답답해지는데, 더블린이라는 도시가 혈이 막혀 순환을 멈춘 거대한 유기체처럼 여겨져서다.

셋째 줄의 'Epiphany'(에피파니). 주인공들이 어떤 종교적 현현(顯現)과도 같은 계시의 순간을 겪게 된다는 것이

제임스 조이스(1915년)

그 모호함, 해답 없음, 그래서 계속 생각하게 만드는 힘이,
『더블린 사람들』과 그 수업이 내게 준 가장 값진 가르침인 것 같기도 하다.

넷째 줄의 상징주의와 함께 내게는 『더블린 사람들』을 좋아하면서도 어려워하게 만든 존재였다. 작품이 쓰인 문화에 대한 이해가 없는 상태에서 종교적 상징이라는 것을 이해하기가 도무지 힘들었기 때문이다. 요즘 대학생들이야 BTS 덕에 '에피파니'라는 단어에 익숙하지만, 내게는 그 수업 시간에 처음 들은 그 단어부터가 낯설었다.

마지막 줄의 'Non Serviam'. 고국도 종교도 가족도 '섬기지 않겠다.'는 조이스의 사고가 지니는 무게를 지금은 알지만, 가진 게 없어 잃을 것도 없었던 대학 시절엔 예술가라면 가질 법한 자유분방한 기질의 하나쯤으로 여겼던 것 같다. 어쨌든 수업은 이 다섯 가지를 염두에 두고 진행되었다. 똘똘하게 이해한 것은 아무것도 없었고 당시에는 그 사실에 좌절을 느꼈지만, 그것이 오히려 대학생다운 일이 아니었던가 싶다.

수업은 학생들이 작품을 미리 읽어 오고 수업 시간에 지명당한 학생이 문장을 해석하고 뜻을 밝히면 교수가 추가 설명을 해주는 강독(講讀) 방식으로 진행됐다. 우리는 책에 실린 열다섯 편 중 아홉 편을 함께 읽었다. 「The Sisters(자매들)」, 「An Encounter(마주침)」, 「Araby(애러비)」, 「Eveline(이블린)」, 「The Boarding House(하숙집)」, 「A Little Cloud(작은 구름)」, 「Clay(진흙)」, 「A Mother(어머니)」, 「The Dead(망자들)」였다.

소설집을 관통하는 질식할 것만 같은 분위기는 잊히지 않지만, 20년 세월이 흐른 지금, 그때 읽은 작품의 대부분이 어떤 내용이었는지 생각나지 않는다. 「The Sisters」와 「Eveline」의 줄거리가 어렴풋이 기억나며, 「Clay」와 「The Dead」가 강렬한 인상으로 남아 있을 뿐이다. (나는 눈이 내리는 「The Dead」의 마지막 장면을 무척 좋아해서, 다른 책들에서도 두어 번 언급했다.)

§

「Clay」는 그중 가장 쉬운 것 같으면서도 가장 어려우며, 가장 알쏭달쏭해서 내게 인생의 수수께끼처럼 남은 작품이다. 그렇지만 참 이상하게도, 도무지 이해하지 못했던 그 소설의 장면 장면이 때때로 일상 속에서 튀어나와 나를 붙잡는다. 샤워를 하다가, 길을 걷다가, 퇴근 버스에 앉아서 나는 골똘히 생각에 잠기며 궁금해 한다. 그건 대체 무슨 뜻이었을까?

주인공 마리아는 여성들을 위한 갱생원 식당에서 일한다. 그는 중년의 독신 여성으로 만성절(萬聖節) 전야, 즉 핼러윈을 맞아 젊은 시절 엄마처럼 돌보고 키운 아이 조의 집에 저녁식사 초대를 받아 간다. 아일랜드에서는 만성절 전야에 눈을 가리고 접시에 놓인 이런저런 물건을 집는 놀이를 하는데, 반지는 결혼, 기도책은 수녀원, 물은 생명, 진흙

은 죽음을 뜻한다고 한다. 갱생원 사람들 중 한 명은 수년
째 만성절이 다가오면 마리아에게 "이번엔 반지를 잡겠지."
라고 했지만, 마리아는 때마다 실망 어린 수줍음으로 녹회
색 눈을 반짝이며 남자고 남편이고 다 필요없다며 웃어넘
겼다. 그리고 이날 조의 집에서 어김 없이 그 '놀이'에 참여
한다.

They led her up to the table amid laughing and joking,
and she put her hand out in the air as she was told to
do. She moved her hand about here and there in the air
and descended on one of the saucers. She felt a soft wet
substance with her fingers and was surprised that nobody
spoke or took off her bandage. There was a pause for
a few seconds; and then a great deal of scuffling and
whispering. Somebody said something about the garden,
and at last Mrs Donnelly said something very cross to
one of the next-door girls and told her to throw it out
once: that was no play. Maria understood that it was
wrong that time and so she had to do it over again: and
this time she got the prayer-book.

그들은 웃고 농담하며 마리아를 식탁으로 데려갔고,
그녀는 시키는 대로 손을 공중에 뻗었다. 허공에 이리

저리 손을 휘젓다가 접시 중 하나에 내려놓았다. 손가락에 부드럽고 축축한 물질이 느껴졌는데, 아무도 입을 열지 않고 안대를 벗겨주지도 않아 놀랐다. 몇 초 동안의 정적. 그리고 엄청난 허둥거림과 웅성임. 누군가 정원에 대해 무언가를 말했고 마침내 도넬리 부인이 옆집 소녀들 중 한 명에게 몹시 화를 내며 이번 판은 무효이니 당장 치워버리라고 했다. 마리아는 지난 판이 잘못되었고 다시 해야 한다는 걸 깨달았다. 그리고 이번엔 기도책을 집었다.

(번역은 내가 한 것이다.)

놀이가 끝나자 조는 마리아에게 가기 전에 옛날 노래 하나를 불러달라 청한다. 모두 귀를 기울이는 가운데, 마리아는 아일랜드 오페라 「집시 소녀(The Bohemian Girl)」의 아리아 「I Dreamt that I Dwelt(대리석 궁전에 살던 꿈을 꾸었네)」를 부른다. 납치당해 집시들 틈에 자란 백작의 딸이 대리석 저택에서 살았던 어렴풋한 기억을 떠올리며 부르는 노래다.

I dreamt that I dwelt in marble halls
나는 대리석 궁전에서 살던 꿈을 꾸었네
With vassals and serfs at my side,

신하와 하인들을 거느리고

And of all who assembled within those walls

거기 모인 사람들 중에서도

That I was the hope and the pride.

나는 희망이자 자랑이었지.

I had riches too great to count, could boast

나는 셀 수 없을만큼 많은 재물도 지녔고,

Of a high ancestral name,

유서 깊은 가문을 자랑할 수 있었지,

But I also dreamt, which pleased me most,

그러나 꿈 속에서 가장 기뻤던 것은,

That you loved me still the same.

그대가 나를 아직도 변함없이 사랑한다는 거였네.

마리아는 소녀의 구혼자들이 등장하는 2절 대신 1절을 되풀이하고선 노래를 마쳤지만 아무도 실수를 지적하지 않는다. 조는 무척 감동해 흘러간 옛날만큼 좋은 시절은 없고, 발페(Balfe, 「집시 소녀」를 작곡한 음악가)의 노래만큼 훌륭한 음악도 없다고 말하는데, 눈물로 눈이 흐려져 찾고 있던 코르크 따개가 어디 있는지 아내에게 물어봐야만 할 지경이었다.

§

「Clay」를 떠올리면, 커다란 카세트플레이어를 낑낑대며 들고 와 엔야가 부른 「I Dreamt that I Dwelt」를 틀어주시던 선생님의 모습이 생각난다. 이 작품을 일러 "호모사피엔스가 쓴 가장 아름다운 단편"이라 하셨던 말씀도 기억나는데, 당시의 나는 아름다운 이야기라는 걸 추상적으로 느낄 수는 있었지만 어떤 심오한 의미가 있는지는 구체적으로 짚어내지 못했다.

단지 놀이일 뿐인데 마리아가 '죽음'을 의미하는 진흙을 집었다는 이유로 사람들이 왜 그렇게 유난을 벼는 건지, 대체 무엇 때문에 이 작품을 그렇게 아름답다고 하는 건지를 질문할 생각도 못한 것은 '존경하는 시인이 아름답다니 그렇겠지.'라고 무조건적으로 받아들였기 때문이기도 하지만, 그날 처음 들어본 「집시 소녀」의 아리아가 무척 매혹적이라 마리아가 그 노래를 부르는 장면만 상상해도 충분히 아름다웠기 때문이기도 하다.

이제 40대 독신 여성이 된 나는 어렴풋이나마 짐작한다. 작품이 쓰인 20세기 초반에, 가진 것 없고 배운 것 없어 남의 아이 돌보는 일을 하던 여성이, 삶의 밑바닥으로 떨어진 여성들이 가는 갱생원의 일을 도우며 남편도 가족도 없이 산다는 것이 얼마나 가혹한 일일지를. 핼러윈 놀이의 '반지'뿐 아니라 작품에는 군데군데 결혼에 대한 암시

161

더블린 사람들
Dubliners

제임스 조이스 지음·이영욱 옮김

민음사

가 나온다. 마리아가 조의 가족들에게 주려고 결혼식에서 많이 쓰는 건포도 케이크를 사러 갔을 때, 젊은 여자 점원이 "사려는 것이 결혼 케이크냐?"며 짜증스럽게 말하자 마리아가 얼굴을 붉히는 장면이 대표적이다. 결혼 이야기가 나올 때마다 그 필요성을 부정하면서도 수줍어하는 마리아의 반응은, 내색하진 않지만 독신이라는 것이 그의 마음속에선 큰 걸림돌로 자리한다는 것을 짐작하게 한다. 그렇지만 조이스는 이를 명시하지 않는다. 마리아가 무의식 중에 노래 가사를 틀린 것인지 아니면 일부러 구혼에 대한 언급을 피한 것인지는 알 수 없지만, 조와 그 가족들이 굳이 '결혼'이라는 화제를 꺼내 마리아를 불편하게 만들지 않는 것처럼.

마리아는 모든 귀신들이 모인다는 만성절 전야에 '결혼'이 아닌 '죽음'이라는 불길한 계시를 받았고 다음 기회에서조차 수녀원에 들어가게 될 거라는 예언을 들었지만, 지금은 행색이 남루할지언정 한때는 대리석 궁전에 살았노라 노래하며 스스로를 다독인다. 조이스의 작품 세계에 대한 복잡한 해석은 학자들의 몫으로 미뤄두고 이야기의 측면에서만 생각하자면, 마리아의 고달픈 처지에 대한 조 가

족의 공감과 이해가 소설의 가장 아름다운 부분이 아닐까 싶다.

20여 년을 생각하고 또 생각했지만, 아직도 조이스가 어떤 메시지를 던지고자 했는지는 명확히 모르겠다. 그 모호함, 해답 없음, 그래서 계속 생각하게 만드는 힘이,『더블린 사람들』과 그 수업이 내게 준 가장 값진 가르침인 것 같기도 하다. 남에게 기대지 않고 혼자 거듭 생각하는 것만으로도 나름의 답을 찾아가는 훈련을 하게 되었으니까. 명료한 답이 나오지 않아도 좋다. 이 지(知)의 여정은 나 스스로 만족할 때까지 계속될 것이다.

§

『더블린 사람들』을 배우기 전까지 더블린은 내게 '요정의 도시'였다. 어릴 적 읽었던 '금성 칼라텔레비전 세계교육동화' 전집 중에『잡혀 간 아가씨』라는 아일랜드 민화가 있었다. 요정들의 축제를 구경하러 갔다가 요정들이 더블린의 한 저택에서 납치한 소녀를 구해 내는 제이미라는 소년이 주인공이었다. 그 이야기 때문에 오랫동안 '더블린'이라는 단어는 심통맞은 요정들의 사악한 축제, 잠든 채 말 잔등에 실려가 요정의 마법으로 듣지도 말하지도 못하게 되는 가여운 소녀를 생각나게 했다.

그런데『더블린 사람들』을 배우면서 모든 게 달라졌다.

더블린의 특징적인 랜드마크인 트램 및 트리니티대학교와

아일랜드은행이 보이는 데임스트리트(1930년대)

더블린의 랜드마크인 리버티홀과

커스팀하우스가 보이는 항구 풍경(1880년대)

이제는 '더블린' 하면 도시의 우울한 공기에 짓눌리며 흑맥
주를 마시는 사람들이 연상된다. 싸늘하고 어두운 10월의
마지막 밤, 소박하고 따스한 노랫소리로 주변을 환하게 밝
히는 자그마한 중년 여인이 그려진다. 아일랜드에는 아직
가보지 못했다. 언젠가는 더블린에서 10월의 마지막 밤을
보내고 싶다.

수업 교재

제임스 조이스, 유종호 주석, 『Dubliners』(신아사)

11 희미하지만 단단한 자신감으로

서양문명의 역사(2학년 2학기)

명강의로 소문난 교양 수업이 몇몇 있었다. 과제가 많아도 학점이 후하지 않아도 항상 학생들이 몰렸다. 단순히 학점을 채우기 위해서가 아니라 정말 '공부'라는 걸 해보고 싶다는 학생들, 배움의 열망으로 가득 찬 이들이었다. '서양문명의 역사'도 그런 과목 중 하나였다. 같은 이름의 강의가 몇 개 개설돼 있었지만, 그 가운데서 J 선생님의 강의가 특히 유명했다.

"책을 많이 읽어야 하는 수업이야. 리포트가 많은데, 대신 중간·기말고사가 없지. 그 수업에서 나는 정말 많이 배웠어. 책 읽는 거 좋아하면 한번 들어봐." 수업을 추천한 선배가 선한 얼굴에 미소를 띤 채 귀띔하던 모습이 눈에 선하다. '서양문명의 역사'라는 과목 이름이 매력적이지 않았지만, 선배의 추천에 힘입어 믿고 듣게 되었다. 달달 외워

시험을 볼 것인가, 책을 읽고 리포트를 쓸 것인가 둘 중 하나를 선택하라고 하면, 리포트를 쓰는 편이 더 낫겠다 생각했기 때문이기도 했다. 그런데…… 리포트가 여덟 개나 될 줄은 몰랐다.

§

한 학기 동안 여덟 권을 읽었다. 수업은 선생님이 각 작품에 대한 강의를 하고, 학생들은 읽은 책에 대해 독후감을 작성하는 방식으로 이루어졌다. 책 한 권을 읽고 리포트 마감을 하고 나면, 다음 책을 읽고 마감을 또 해야 했다. 차라리 한 학기에 시험 두 번 보는 게 낫겠다 싶을 정도였다.

서양사학과 개설 과목이었는데 과제로 나온 책은 대부분 문학이었다. 지금 생각해 보면 선생님은 연대표를 줄줄이 외우느니 독서를 통해 자연스레 서양문명의 역사를 습득하는 편이 더 낫다고 생각하셨던 것 같다. 당시에는 그에 대해 헤아릴 겨를 없이 눈앞에 닥친 과제를 해내기에 바빴다.

아이스퀼로스, 소포클레스, 에우리피데스, 아리스토파네스가 쓴 고대 그리스 희곡을 맨 처음 읽었고, 그 다음에 단테의 『신곡』과 17세기 프랑스 작가 몰리에르의 희곡 『서민 귀족』을 읽었다. 볼테르의 소설 『캉디드』를 읽었고, 조너선 스위프트의 『걸리버 여행기』, 올더스 헉슬리의 『멋진 신세계』, 알렉산드르 솔제니친의 『이반 데니소비치의 하루』,

밀란 쿤데라의 『참을 수 없는 존재의 가벼움』을 읽었다. 리포트를 썼던 책이 이 정도이고, 대학 시절 작성했던 한글 파일을 뒤져보니 (까맣게 잊고 있었지만) 카프카의 『변신』을 읽고 조별 발표도 했고 다른 학생이 작성한 마르크스의 『공산당 선언』에 대한 보고서도 함께 읽었던 것 같다.

어떻게 그렇게 많은 책을 한 학기 동안 다 읽을 수 있었는지도 의문이고 과연 내가 제대로 읽었는지도 의심스러운데, 한 가지만은 확실히 기억이 난다. 도서관으로 바삐 뛰어가던 내 모습. 저 책들을 다 살 수는 없으니까, 최대한 도서관에서 빌려야 이번 학기 예산에 지장이 없겠다 계산하던 대학 2학년의 나.

그리고 또 하나 기억나는 게 있다. 마감에 늦지 않으려 마음을 졸이며 밤을 새 리포트를 작성하고는 조용하고 어두운 복도를 걸어 선생님 연구실 문에 붙어 있던 함에 살며시, 약간은 부끄러운 마음으로 서툴지만 최대한 매만진 글이 적힌 종이를 넣어놓고 오던 나. 그때부터 마감을 어기지 않기 위해 전전긍긍하며 쓰는 사람이었으니, 나의 '마감 인생'도 제법 오래되었구나, 어쨌든…….

그 수업 시간에 읽은 아리스토파네스가 내가 살면서 읽은 유일한 아리스토파네스였고, 그 수업 때문에 읽은 볼테르가 내가 만난 유일한 볼테르였다. 소포클레스도 에우리피데스도 몰리에르도 솔제니친도 마찬가지였다. 그렇지

2학년

만 그렇게라도 접했기 때문에, 나중에 그 이름들을 다시 만났을 때 두려워하지도 머뭇거리지도 않을 수 있었다. 교양은 어떤 상황에서든 주눅 들지 않을 수 있는 힘이 된다.

§

"오소서, 이리 오소서! 구름의 여신이여, 훌쩍 날아 모습을 보여주소서! 그대들이 눈 왕관을 쓴 올림푸스의 신성한 봉우리에 앉아 계시든……" 2017년 5월, 서른아홉의 나는 뉴욕의 한 강의실에 앉아 노교수가 손바닥만 한 크기의 얄팍한 책을 펼친 채 읽어주는 아리스토파네스의 『구름』 중 한 구절을 듣고 있었다. 북유럽 르네상스의 거장으로 꼽히는 화가 알브레히트 뒤러에 대한 수업이었다. 수강생 중 한 명이 뒤러 그림의 '구름'을 주제로 발표했고, 선생님은 그 주제와 관련된 아리스토파네스의 희곡을 가져온 참이었다.

"뒤러의 절친 퍼크하이머는 그리스 고전에 능통한 학자였다. 퍼크하이머가 아리스토파네스의 이 작품을 베개 밑에 놓아두고 있다가 뒤러에게 읽어주었을 수도 있지 않았을까? 물론 내 판타지에 불과하지만."

아리스토파네스라는 일곱 음절이 귀에 또렷이 박혀올

때 나는 등줄기를 곧게 폈다. 회사 연수로 1년간 뉴욕대학교 방문연구원으로 있느라, 태어나서 처음으로 해외 생활을 하고 있던 참이었다. 낯선 환경에 혼자 떨어져 움츠러들 일도 참 많았지만 강의실에서만은 주눅 들지 않았다.

아리스토파네스? 나도 알아! 10대 때부터 그리스 고전을 파고든 미국 학생들만큼은 아니겠지만, 나도 읽어봤다고! '서양문명의 역사' 수업이 왜 그리스 희곡을 읽는 것으로 시작되었는지, 당시엔 지루하기만 했던 그리스 고전 수업이 얼마나 중요한 것이었는지, 근 20년이 지나 비로소 깨닫게 되었다.

'서양문명의 역사' 시간에 읽은 아리스토파네스의 작품은 『뤼시스트라테』였다. 아테네와 스파르타가 전쟁 중일 때, 남자들의 전쟁을 멈추게 하고픈 아테네 여인들이 섹스 파업을 통해 전쟁을 멈추게 하는 희극(喜劇)이다. 뤼시스트라테는 여인들을 결집시켜 파업을 주도하고 아크로폴리스를 점거해 평화조약 체결을 이끌어 내는 영민한 주인공. 그는 이렇게 외친다. "당신들 정치가들이 조금이라도 똑똑했더라면 우리가 옷감 짜듯이 정치를 했을 거고, 그랬더라면 모든 면에서 아테네에 유익했을 텐데요." 이렇게도 말한다. "몹쓸 돌대가리들 같으니! 우린 당신들이 전쟁에서 얻는 명예는 못 차지하지만 고통은 이중으로 당하고 있어요. 첫째, 우리는 전쟁에 보내는 아들을 낳거든요."

삼성출판사의 『희랍극선(希臘劇選)』이 수업 교재였다. 우리는 오래전에 절판된 그 책을 제본해 수업시간에 함께 읽었다. 세로쓰기로 적힌 자그마한 책. 뉴욕의 수업시간에 선생님이 가져온 낡아빠진 『아리스토파네스』를 보는 순간, 연두색 표지로 제본한 나의 『희랍극선』이 떠올랐다. 그리스어로도 영어로도 읽지 못했고 딱딱하고 예스러운 번역체 문장으로 읽었지만, 어쨌든 나도 그리스 희곡을 읽은 것이다. 희미하지만 단단한 자신감이 생겼다.

§

세월의 더께가 앉아 책장이 누렇게 변해 버린 그 『희랍극선』은 내게 오만(傲慢)에 대해 가르쳐주었다. 고대 그리스에서 신(神)이 부여한 운명을 거역하고자 하는 인간의 '오만'(휘브리스)은 큰 죄로 여겨져 엄벌에 처해졌지만, 그럼에도 인간은 끊임없이 운명을 거스르고자 시도하고 또 시도하였으며 그 결과 비극(悲劇)이 탄생하였다는 것을. 비극은 우매한 인간이 파국으로 치닫는 이야기이지만 그 통렬함을 통해 인간은 성장해 왔다는 것을.

소포클레스의 『오이디푸스왕』을 읽은 기억이 난다. "이 아이는 크면 아버지를 죽일 것"이라는 신탁을 받아 갓난아기 때 버려진 테베의 왕자 오이디푸스. 버려진 아기의 발이 퉁퉁 부어 있어 그를 입양한 코린토스의 왕은 아기의 이름을 '오이디푸스'(부은 발)라 지었다. 코린토스의 왕자로 자란 오이디푸스는 델포이 신전에서 "아버지를 죽이고 어머니와 결혼할 것"이라는 신탁을 듣고 가혹한 운명을 피하기 위해 친부모로 믿고 있던 양부모를 떠난다.

여행 중에 오이디푸스는 우연히 마주친 친아버지 일행과 시비가 붙어 그들을 모두 죽여버리고 테베에 도착해 괴물 스핑크스를 물리친다. 그 공로로 왕위에 올라 남편을 잃고 과부가 되어 있던 친어머니 이오카스테와 결혼해 자식을 낳는다. 테베에 원인 모를 역병이 돌자 선대 왕의 죽음에 얽힌 진실이 밝혀져야 역병이 물러갈 거라는 신탁을 받은 오이디푸스는 선왕의 죽음을 파헤치다 자신의 출생에 얽힌 비밀을 알게 된다.

충격을 받은 왕비 이오카스테는 자살하고, 오이디푸스는 왕비의 옷깃에서 황금 옷핀을 뽑아 제 눈을 찔러 장님이 되고 만다. 자기가 누구인지 모르고 살아왔던 이 가엾은 왕은 비로소 자신이 누구인지 알게 되었을 때 외친다.

"나는 지금 어디로 가고 있는 것일까? 내 목소리는 공기를 뚫고 어디에 가서 닿은 것일까? 오 운명이여, 나를 어디로 끌고 가느냐?"

— 아이스퀼로스 외, 이근삼 외 옮김, 『희랍극선』(삼성출판사)에서

베니네 가녜로, 「오이디푸스왕과 그의 자녀들」(1784년)

"누구나 실수를 저지르지만 훌륭한 사람만이
잘못을 인정하고 고친다. 유일한 죄는 '자만'이다." —소포클레스

게르만 에르난데스 아모레스, 「메데이아와 그녀의 두 아이들」(1887년)

메데이아에게 있어 '사랑'은 결코 낭만적이고 부드러운 사랑이 아니다.

그것은 남성의 '권력'과 동의어이다.

운명을 거스른 오만한 인간이 반드시 져야만 하는 응분의 책임을 이야기하는 장면이 희곡 『오이디푸스왕』의 절창으로 꼽힌다.

코러스: 당신은 끔찍한 짓을 하셨습니다. 어찌 감히 자기의 눈에서 빛을 앗아버릴 수가 있습니까? 인간의 힘이 미칠 수 없는 어떤 신이 그렇게 하도록 만들었단 말입니까?

오이디푸스: 친구들이여, 아폴론 신이오. 내 모든 시련을 가져다준 아폴론 신이오. 그러나 내 눈을 친 손은 나의 손, 바로 나의 손이었소. 내가 눈을 가져서 무슨 소용이 있소? 내가 볼 수 있었던 것은 하나도 기쁨을 가져다주지 않았는데.

— 아이스퀼로스 외, 이근삼 외 옮김, 『희랍극선』에서

운명은, 책임이구나…… 스무 살 무렵의 나는 생각했다. 자신이 져야만 하는 짐을 외면하면 응당 그에 대한 대가를 져야 하는구나, 그리고 그 대가는 스스로 눈을 찔러 더 이상 빛을, 미래를 볼 수 없게 될 정도로 가혹한 것이구나…… 어떤 대가를 치르더라도 운명에 저항하고 보는 인간이 어리석고 무모하기보다는 용감하고 아름답다고 생각했다. 그로부터 20년을 더 산 지금도 여전히 그렇게 생각한

다. 운명에 순응하는 것 또한 운명지어진 게 아닐까 하는 생각과 함께.

"누구나 실수를 저지르지만 훌륭한 사람만이 잘못을 인정하고 고친다. 유일한 죄는 '자만'이다." 얼마 전 로버트 케네디 평전 『라스트 캠페인』을 읽었을 때, 나는 로버트 케네디가 아꼈다는 소포클레스의 이 말에 밑줄을 그었다. 『오이디푸스왕』을 통해 인간의 오만을 경고한 소포클레스가 할 법한 말이라 생각하면서.

§

『오이디푸스왕』이 오만에 대한 이야기라면, 에우리피데스의 『메데이아』는 사랑에 대한 이야기다. 좀 더 자세히 말하자면 사랑에 배신당한 여자가 얼마나 미쳐버릴 수 있는지에 대한 이야기. 콜키스의 왕녀 메데이아는 황금 양털을 찾으러 온 영웅 이아손과 사랑에 빠져 아버지를 배신하고 이아손을 도와준다.

이아손과의 사이에서 자식들을 낳지만, 이아손이 자신을 버리고 코린토스의 왕녀와 결혼하게 되자 그 여자에게 독이 묻은 옷을 선물로 보내 살해하고, 이아손에게 복수하기 위해 자식들마저 살해한다. 메데이아는 외친다. "생각하고 느낄 줄 아는 피조물 가운데 여자는 가장 천시받고 있습니다." 또 묻는다. "사랑을 빼앗기는 일이 여자에게 사소한 일이라고 생각하나요?"

페미니즘에 대해 갓 배운 대학 시절의 나는 리포트에
이렇게 썼다.

그러나 메데이아에게 있어 '사랑'은 결코 낭만적이고
부드러운 사랑이 아니다. 그것은 남성의 '권력'과 동
의어이다. 이아손이 영웅이 되는 것을 도운 메데이아
가 원한 것은 그 이아손의 사랑을 얻음으로써 결국
자신 역시 권좌에 오르는 것이었기 때문이다.

테세우스가 미궁에서 탈출하는 걸 도운 아리아드네부
터 이아손이 미친 황소를 잠재우고 황금 양털을 얻는 임무
를 완수하도록 도와준 메데이아까지, 그리스 신화 속 여성
들은 왜 하나같이 영웅의 조력자에 그칠 뿐 스스로 영웅이
되지는 못하는가 궁금했던 나는 리포트에 이렇게도 적었다.

철저한 남성 위주의 사회에서 교육받을 기회를 상실
한 여성의 통과의례는 남성에 비해 더딜 수밖에 없다.
그것은 언제나 그들이 남성의 성년식 보조자로서 역
할을 끝낸 이후의 일일 뿐이다

다시 읽어보니 그다지 독창적인 관점이 아닌데도, 선생

님은 이 문장에 빨간 펜으로 밑줄을 긋고 'Good!'이라는 코멘트를 달아 리포트를 돌려주었다. 그 격려 덕에 나는 다소 우쭐해졌고 두려움 없이 다음 텍스트를 읽어 나갈 수 있었다. 대학이라는 공간에서 배우는 사람은 아무리 설익은 생각이라도 발화할 권리가 있고, 가르치는 사람은 최선을 다해 그에 응답해 준다는 믿음을 그 수업을 통해 갖게 되었다.

§

토요일인데도 등교해 하루 종일 어둑하고 차가운 강의실에 앉아 있었던 어느 가을날이 생각난다. 그날 우리는 아홉 시간 반에 걸쳐 클로드 란츠만 감독의 다큐멘터리

영화 「쇼아」 포스터

「쇼아(Shoah)」를 함께 보았다. 피자로 점심을 때우며 홀로코스트 생존자, 증인, 과거에 나치였던 이들의 인터뷰만으로 이루어진 기나긴 영상을 보고 있자니 마라톤이라도 뛰는 것처럼 체력이 달렸다.

강제된 수업이 아니었다. 정규 수업 시간 외 특별

히 개설된 강의로 선생님은 "오고 싶은 사람만 오라."고 공지했다. 학구열 때문이 아니라 순전히 그렇게라도 선생님에게 눈도장을 찍으면 학점 받는 데 좀 유리하지 않을까 싶어 참석했는데, 서너 시간쯤이 흘렀을 때는 허리가 아프고 눈도 피로해서 '학점 따위 뭐라고 내가 왜 휴일에 사서 고생을 하고 있나?' 하는 생각이 들었다.

그렇지만 그날의 지루한 고통을 견딘 덕에 "나치의 유대인 대학살을 '홀로코스트(Holocaust)'가 아니라 히브리어로 '절멸'을 뜻하는 '쇼아'라 불러야 한다."는 메시지만은 20년이 지나도 뼈에라도 새긴 듯 잊히지 않는다. 온몸을 던지다시피 한 그날의 체험을 통해 무구한 뇌를 지닌 대학 2학년생은 유대인 대학살이 서구 역사에서 얼마나 깊은 상처인지를 감지하게 된다. 십자가형을 당한 예수의 손에 남은 못 자국처럼 지독한 상흔……

명료한 지식의 습득만이 아니라, 그런 식의 감지(感知)를 통한 자연스러운 깨침이 대학이라는 공간의 파장 안에 있었기에 누릴 수 있었던 특권 중 하나였다. 지금도 궁금하다. 그날 선생님은 어쩌면 그렇게 초연한 태도를 유지할 수 있었을까? 그도 우리 못지않게 지루했을 텐데. 배우자와 자식이 있는 직장인이 황금 같은 휴일을 업무를 위해 헌납하는 일이 보통 열의에서 비롯된 것이 아니라는 것을 지금은 안다.

패기 넘치는 젊은 교수였던 선생님은 이제 원로 학자가 되었다. 가끔 원고를 의뢰하러 전화를 드린다. 인사를 하고 "저, 예전에 수업 들었습니다." 하면 아주 반가운 목소리로 "그럼, 기억하지." 하신다. 선생님 기억 속의 나는 그저 학점에 목 매 칼같이 데드라인에 맞춰 과제를 제출하던 학생일까, 아니면 조금은 영민한 구석이 있던 학생일까 궁금하지만, 감히 여쭙지 못하고 있다. 자신이 누구인지 비로소 알게 된 순간 파국에 이른 오이디푸스처럼, 답을 듣고 나면 내 눈을 찌르고 싶을 만큼 부끄러워질까 봐.

수업 교재

아이스퀼로스 외, 이근삼 외 옮김, 『희랍극선』(삼성출판사)

라파엘로, 「아테네 학당」(1509~1510년)

12 내게도 '인연(因緣) 책'이 있는가?

르네상스와 바로크 미술 (2학년 2학기)
서양 근대 및 현대 미술 (3학년 1학기)
서양 고대 및 중세 미술 (3학년 1학기)

'인생(人生)책'뿐 아니라 '인연(因緣)책'이라는 것도 있다. 사람과 사람이 연을 맺듯, 인연이 닿았다고밖에 말할 수 없는 방식으로 내 인생의 행로에 등장하는 책. '인생책'을 묻는 질문엔 도저히 한 권을 꼽지 못하겠지만, '인연책'을 묻는다면 서슴지 않고 한 권을 콕 집어 말할 수 있다. 오스트리아 빈에서 태어나 영국서 활동한 미술사학자 에른스트 곰브리치(1909~2001)의 『서양미술사』다.

1950년 영국 파이돈출판사에서 초판이 나왔고, 우리나라에는 1977년 7월 열화당에서 번역돼 처음 국내에 소개됐다.[1] 1994년에 예경출판사가 파이돈과 정식 출간 계약

---

1   『서양미술사』의 국내 번역판에 대해서는 「곰브리치」,《아트콜렉티브 소격 Vol.5》, 2021, 15~24쪽을 참고했다.

을 맺어 1997년부터 다시 나오고 있는 이 책은 가로 17.5센티미터, 세로 24.5센티미터의 큰 판형에 두께가 700쪽에 가까운 '무거운' 책임에도 미술사 전공자가 아닌 일반 대중에게도 많이 알려져 있다. 대학의 서양미술사 교양 강의에서 흔히들 이 책을 교재로 쓰기 때문이다. 우리말 제목은 "서양미술사"이지만 원제는 'History of Art'(미술사)가 아니라 'The Story of Art'(미술 이야기)다. 곰브리치는 자신의 책에 거창하게 '역사'라는 이름을 붙이지 않았다. 그는 책의 서문을 이렇게 시작한다.

이 책은 아직 낯설지만 매혹적으로 보이는 미술이라는 분야에 처음 입문하여 약간의 오리엔테이션을 필요로 하는 사람들을 위해 쓰였다.

말 그대로 '교양으로서의 미술사' 책인 셈. 혹여 궁금해할 독자들을 위해 덧붙이자면, 『History of Art』라는 책도 존재한다. 러시아 출신으로 미국에서 활동한 미술사학자 H. W. 잰슨의 책으로 곰브리치의 책보다 몇 배나 두껍고 무겁다. 내 경우 태어나서 처음으로 아마존 '직구'를 감행한 책이 그 책이었다.

친구들이 사는 걸 보니 사야만 할 것 같았고, 보티첼리의 「봄」이 그려진 하드커버 책을 끙끙대며 품에 안고 캠퍼스를 지나면 굳이 말로 하지 않아도 "나 미술사 하는 여자야."라는 티를 팍팍 낼 수 있으니까. 다 읽었냐고? 그럴 리가! 몇 장 넘겨서 그림만 보았을 뿐, 빳빳한 새 책 컨디션 그대로 20년째 먼지를 덮어쓴 채 내 거실 책꽂이의 맨 위에 꽂혀 있다. 그렇지만 곰브리치의 『서양미술사』는 내게 장식용이 아니었다. 나는 그 책을 처음부터 끝까지 몽땅 읽었다. 하룻밤 만에, 대학생이 되기 이전에, 어느 겨울날에.

§

1998년 12월이었는지 1999년 1월이었는지 정확히 기억이 나지 않는다. 몹시 추운 겨울이었고, 나는 대학 입시를 치르러 서울에 올라왔다. 보호자 없이 혼자서. (재수생이라 처음 치르는 입시도 아니었기에 굳이 부모님을 번거롭게 하고 싶지 않았다.) 서울에 연고가 없는 학생들을 위해 방학 동안 빈 기숙사를 쓰게 해주는 대학이 몇몇 있었다.

그렇게 신촌의 한 대학 기숙사에 여장을 풀었다. 기숙사까지 가는 길이 아주 가팔랐던 것, 서울서 대학을 다니고 있던 고등학교 친구들이 응원하겠다며 찾아와 셋이서 신촌에서 떡볶이를 먹었던 기억이 난다. 멜라민 그릇에 내어주는 분식집 떡볶이가 아니라, 커다란 전골 냄비에 떡과 각종 야채, 라면 등을 넣고 국물이 자작하게 끓여 먹는 신당동 스타일 떡볶이를 먹었던 건 그날이 처음이었다. 친구들과 헤어져 기숙사로 돌아왔는데 딱히 할 일이 없었다. 다음 날 그 대학의 논술과 면접이 있었지만, 논술·면접 준비라는 게 벼락치기로 되는 것이 아니니까.

불을 끄고 침대에 누웠는데 도무지 잠이 오지 않았다. 내게 방을 비워주고 집에 내려간 학생의 책장이 눈에 띄었다. 무슨 책이 있나 훑어보다가 곰브리치의 『서양미술사』를 발견했다. 그 대학엔 미술사학과가 없으니 아마 그 방의 주인이 서양미술사 교양 강의를 수강했던 것이었겠지만, 그때는 그 책이 왜 거기에 꽂혀 있는지를 몰랐다. 곰브리치가 누구인지도, 『서양미술사』가 무슨 책인지도 몰랐지만, 마음속으로 그 책의 주인에게 '언니, 저 잠시만 볼게요.' 양해를 구하고 일단 책을 펼쳐 들었다. 그림 보는 걸 좋아했고, 며칠 후에 다른 대학 미술사 관련 학과 시험이 있기도 하니 읽어보면 좋을 것 같았다.

미술(Art)이라는 것은 사실상 존재하지 않는다. 다만 미술가들이 있을 뿐이다.
—— E. H. 곰브리치, 백승길·이종숭 옮김, 『서양미술사』(예경)에서.

유명한 첫 문장이 중후장대하게 머릿속을 울려왔다. 읽기 쉬운 책이었던가? 그렇지 않았다. 저자의 이야기를 이해하기에는 내가 아는 것이 너무나도 없었다. 문장이 매끄러웠던가? 번역서라 그랬겠지만 술술 넘어가지 않았다. 그렇지만 읽었다. 그림 보는 재미로 훑어보며 넘겼다. 활자로 된 것이라면 뭐든 먹어치우듯 읽던 시절이었고, 어차피 딱히 할 일도 없었으니까.

그렇게 한참 책을 읽고 있는데 책장(冊張) 속에서 환한 빛이 비쳐왔다. 그건 분명히 빛이었다. 낯선 기숙사 방의 어둠을 뚫고 따스하게 흩뿌려지는 빛. 이내 깨달았다. '이 그림은, 정말 환하고 따뜻하구나.' 곱은 손을 호호 불며 따스한 불빛 새어나오는 남의 집 창문을 들여다보던 성냥팔이 소녀라도 된 듯한 기분으로 나는 한참을 그 그림을 보고 있었다. 16세기 북부 이탈리아의 파르마에서 활동한 화가 안토니오 다 코레조(Correggio, 1489-1534)가 1530년경에 그린 「거룩한 밤」이었다. 곰브리치는 그림을 이렇게 묘사했다.

키가 큰 목동이 이제 막 하늘이 열리면서 천사들이 "높은 곳에 계신 하느님께 영광을" 하고 노래하는 환영을 본다. 천사들은 기분 좋게 구름을 타고 다니며 긴 지팡이를 든 목동이 급히 들어오는 장면을 내려다보고 있다. 그 목동은 허물어진 마구간의 어둠 속에서 기적을 본다. 갓 태어난 아기 예수가 사방에 빛을 발하고 있으며 행복한 어머니의 아름다운 얼굴을 밝게 비추고 있다. 목동은 동작을 멈추고 무릎을 꿇고

2학년

경배하기 위해서 그의 모자를 만지고 있다. 그 옆에는 하녀가 두 사람 있는데 한 사람은 구유에서 흘러나오는 빛에 눈이 부신 듯하며 다른 사람은 행복한 표정으로 목동을 쳐다보고 있다. 성 요셉은 어둑어둑한 바깥에서 나귀를 돌보는 데 열중하고 있다.

— E. H. 곰브리치, 백승길·이종승 옮김, 『서양미술사』(예경)에서.

책이 아니라 구유에서 나오는 빛이었다. 아기 예수가 방금 이 땅에 오셨다! 성스러운 존재가 발하는 빛이 얼마나 강렬한지, 춥고 어두운 마구간이 크리스마스트리 꼭대기의 별처럼 밝아졌다. 벅찬 기쁨의 빛. 입시 공부에 찌들어 몇 년간 즐길 새 없었던 성탄(聖誕)을 오래간만에 떠올렸다. 삭막한 기숙사 방 천장에 그 순간만은 노랗고 작은 별이 반짝반짝 빛나고 있는 듯한 느낌이었다. 그림이 준 위로 덕에 마음이 한층 밝아졌다. 나는 힘차게 책장을 넘겼다.

며칠 후 다른 대학의 면접장. 면접 준비하면서 무슨 책을 읽었냐고 교수가 물었다. "곰브리치의 『서양미술사』를 읽었습니다." 며칠 전에 느닷없이 내 인생에 등장해 읽게 된 책이 생각나 나는 답했다. "아, 그래?" 면접관들의 얼굴에 미소가 번졌다. 그때는 몰랐지만 지금 생각해 보면 썩 괜찮은 답변이었다.

보수적인 대학 사회는 미술 에세이 같은 이른바 '대중

서'에 후하지 않은 경향이 있다. 그렇지만 곰브리치라면 괜찮다. 고등학생 혹은 재수생이 『히스토리 오브 아트』를 읽었다 했다면 과해 보이겠지만, 곰브리치의 『서양미술사』라면 입시 준비를 위해 읽을 법도 하게 보인다. 실제로 곰브리치는 서문에서 "이 책을 쓰는 데 있어서 무엇보다 우선해서 염두에 둔 독자는 자신들의 힘으로 이제 막 미술 세계를 발견한 10대의 젊은 독자들"이라 밝힌다.

나는 난생 처음 들어본 그 이름, 곰브리치 덕에 무난히 합격해 미술사 전공자가 되었다. 입학한 후, 내가 우연히 읽었던 그 책이 미술사학도의 필독서라는 걸 알고는 생각했다. 그 책과 나와의 만남은 어떤 운명의 실로 엮여 있는 것일까?

§

교양 필수로 들은 '서양미술사 입문'을 제외하고, 대학 시절 서양미술사 관련 전공 과목을 세 개 들었다. '서양 고대 및 중세 미술', '르네상스와 바로크 미술', '서양 근대 및 현대 미술'. 이 세 과목을 학생들은 각각 서미 원(one), 서미 투(two), 서미 스리(three)라 불렀다. 내가 가장 좋아한 과목은 '르네상스와 바로크 미술'이었다.

황제들을 새긴 조각이나 고딕 성당 벽의 부조, 중세 기도서와 태피스트리 등에 대해 배운 '서미1'은 도무지 내 취

안토니오 다 코레조, 「거룩한 밤」(1522~1530)

프라 필리포 리피, 「숲에서의 경배」(1459년)

향이 아니었다. 많은 사람들이 반 고흐나 고갱, 르누아르 같은 인상파 미술이 집중적으로 나오는 '서미3'를 좋아했지만 나는 열광하지 않았다. 사람들이 많이 좋아하니 어쩐지 시들했다. 나의 관심은 그보다 조금 전의 시대, 종교화가 좀 더 왕성했던 시대, 그렇지만 중세의 암흑기와는 달리 신이 인간의 형상을 하고 나타나는 시대에 향해 있었다.

나는 프라 필리포 리피의 얇은 종잇장처럼 아련하게 선고운 여인을 사랑했고, 라파엘로의 손끝에서 피어난 성모의 부드러운 미소를 아꼈으며, 눈꺼풀 움푹 꺼진 눈으로 아득한 표정을 짓고 있는 보티첼리 그림 속 여신들에게 신비감을 느꼈다. 그림을 보고 도상을 읽어내는 걸 좋아했는데, 그러기엔 종교화가 제격이었다.

레오나르도 다 빈치부터 카라바조에 이르기까지 수많은 성화(聖畵)를 보았지만, 내 마음속에는 항상 코레조의 「거룩한 밤」이 있었다. 수업 시간에 그 그림에 대해 배웠던가? 필기를 뒤져보니 그렇지 않다. 곰브리치는 그의 책에서 코레조에게 두 페이지를 할애했지만, 사실 코레조는 서양 미술사에서 크게 중요한 비중을 차지하는 화가는 아니다. 수업에서 16세기 이탈리아 미술을 다룬 날에는 베네치아의 거장 티치아노에 대해 집중적으로 배우기만도 바빴다. 그래도 상관없었다. 그 안에 무엇이 있을지 짐작조차 하지 못한 채 곰브리치를 집어 들어 책장을 넘기던 그날, 코레조의 빛은 이미 고스란히 내 것이 되었으니까.

첫눈에는 이와 같은 배치가 기교가 없으며 우연한 것
같이 보일 것이다. 왼쪽의 복잡한 장면에 대응하는 군
상(群像)들이 오른쪽에는 없으므로 균형이 잡혀 있지
않은 것 같다. 그러나 성모와 아기 예수에게 빛을 던
져 강조함으로써 전체 그림은 균형을 이루게 된다. 코
레조는 색과 빛을 사용하여 형태에 균형을 주고, 보는
사람의 시선을 일정한 방향으로 인도할 수 있다는 발
견을 티치아노보다 더욱 잘 활용하였다. 아기 예수가
탄생한 장면으로 목동과 함께 달려가 「요한의 복음
서」가 전하는 어둠 속을 비추는 '빛'의 기적을 보게 되
는 것은 바로 우리 자신인 것이다.

── E. H. 곰브리치, 백승길·이종숭 옮김, 『서양미술사』(예경)에서.

§

Christmas Eve, and twelve of the clock.
"Now they are all on their knees,"
An elder said as we sat in a flock
By the embers in hearthside ease.
크리스마스 이브, 열두 시 정각,
우리가 난롯가 잉걸불 곁에 옹기종기 모여 쉬고 있을 때,

산드로 보티첼리, 「책을 읽는 성모자」(1481년)

라파엘로, 「알바의 성모」(1510년경)

나이 많은 누군가 말해 주었지.

"이제 그들은 모두 무릎을 꿇고 앉아 있단다."

(번역은 내가 했다.)

'영시의 이해' 수업 시간에 축사의 소들이 구유의 아기 예수께 경배하기 위해 무릎을 꿇고 있는 성탄의 기적을 노래한 토마스 하디의 시 「소들(The Oxen)」을 배웠을 때, 나는 그 시와 코레조의 그림이 꼭 맞는 짝이라 생각했다. 서양 미술사 수업은 내게 여러 이미지를 기억하도록 했지만, 그 어떤 이미지도 「거룩한 밤」만큼 깊숙한 곳에 자리 잡진 못했다. 생각만 하면 미소를 머금게 되는, 그 어떤 엄혹한 추위도 이겨낼 수 있을 것 같은 따스한 기운을 뿜어내는 이미지.

많은 중세 건축물 못지않게 기념비적인 중세 조각들도 처음에는 채색이 되어 있었던 것으로 보인다. 그리스 조각에 대한 우리의 선입견과 마찬가지로 중세 작품의 외양에 대한 우리들의 관념도 당연히 수정할 필요가 있다. 그러나 이렇게 끊임없이 수정을 요하는 것이 과거를 공부하는 가슴 설레는 기쁨 중의 하나가 아닐까?

곰브리치의 『서양미술사』는 이렇게 끝난다. 처음 그 책을 읽었을 때엔 무슨 말인지 몰랐지만, 지금은 안다. 우리는 보통 그리스 조각을 흰색으로 생각하지만, 원래는 채색이 되어 있었던 것이 시간이 흘러 색이 벗겨진 것을 본디 흰색이었다고 착각해 '그리스 조각=흰색'이라는 관념을 가지게 되었다는 이야기다.

그와 마찬가지로 지금 우리 눈에 돌기둥과 다름없어 보이는 회색의 중세 조각품도, 예전에는 채색되었을 수도 있다는 것을 염두에 두어야 한다는 말이다. 내 이해력이 예전에 비해 얼마나 도약했는지를 체감하는 이런 순간마다, 거의 모든 단어가 낯설어 더듬더듬 책을 넘겨 보던 스무 살짜리 나를 막힘 없이 책장을 넘길 수 있는 사람으로 키워낸 대학 교육의 힘이 놀랍다.

별빛을 따라 무작정 걸어 아기 예수가 탄생한 구유로 인도된 동방박사처럼, 나 역시 코레조의 빛에 이끌려 무작정 책장을 넘기다 진리를 빛으로 여기는 대학이라는 '마구간'에 도달하게 되었다. 그 마구간에서 뻗어 나온 길은 결코 곧고 평탄하지 않았다. 장애물과 막다른 골목, 시행착오 투성이였다. 힘들고 고통스럽기도 했지만 재미도 보람도 그래서 생겼다.

대학 1학년 때 구입한 예경출판사의 초판본 『서양미술사』는 나달나달해져 책등을 고정시킨 아교풀이 다 떨어져 나갔다. 검정 바탕에 만테냐의 「성모와 아기 예수」가 그려져 있던 표지도 개정판이 나오면서 타이포 위주의 모던한

197

디자인으로 바뀌었다. 낡아버린 책을 볼 때마다 코레조의 빛을 발견했을 때의 기쁨도, 그 책을 들고 대학 캠퍼스를 누비던 시절도 아득한 옛날처럼 느껴지지만, "이렇게 끊임없이 수정을 요하는 것이 과거를 공부하는 가슴 설레는 기쁨 중 하나가 아니겠느냐."는 곰브리치의 말은 여전히 나를 설레게 한다.

예술가들이 자신이 이루어놓은 업적을 보고 느끼는 그러한 해방감과 승리감을 우리가 같이 느낄 수 없다면, 그 작품을 이해하기를 바랄 수는 없다. 그러나 우리는 한 가지 방향에서의 득이나 진보가 다른 방향에서는 손실을 수반한다는 사실, 그리고 이 주관적인 진보가 그 자체의 중요성에도 불구하고 객관적인 예술적 가치의 증가와 일치하지는 않는다는 사실을 이해하지 않으면 안 된다.

— E. H. 곰브리치, 백승길·이종숭 옮김, 『서양미술사』(예경)에서.

수업 교재

E. H. 곰브리치, 백승길·이종숭 옮김, 『서양미술사』(예경)

13 뇌도 근육처럼 단련하자

민법총칙(2학년 여름 계절학기, 3학년 2학기)
법학개론(2학년 2학기)
지적소유권법 특수연구(박사과정 1학기)
사법 특수연구, 무체재산권 특수연구(박사과정 2학기)
채권법 연구, 지적소유권법 연구, 미술문화 관련법(박사과정 3학기)
과학기술과 법 연구(박사과정 4학기)

대학 시절 '학점의 여왕'이라 불렸다. 1학년 1학기에 전 과목 A⁺, 이른바 '올에이플'을 받고 난 뒤 붙은 별명이다. 홍정욱 전 국회의원이 젊은 시절 쓴 책 『7막 7장』을 통해 우리나라에도 알려진 미국 대학의 라틴어 졸업 성적 등급표에 따르자면 '숨마 쿰 라우데(summa cum laude)' 즉 최우등 졸업을 했다.

어디 내놔도 꿀릴 것이 없는 찬란한 성적표를 받았지만, '학점의 여왕'에게도 성적을 되새기고 싶지 않은 과목이 있다. 법대 전공필수 과목이었던 '민법총칙'이다. 나는 이 과목을 2학년 여름 계절학기에 수강해 대학 4년을 통틀어 유일한 C⁺를 받았다. 수업을 열심히 듣지 않았나? 아니다. 전출하며 꼬박꼬박 열심히 필기했다. 시험 공부를 열심히 하지 않았나? 그럴 리가. 시험 때 아팠나? Nope. 대학

4년 내내 시험 때 앓은 적은 없다. 법대생이 아니라서 성적 받을 때 불이익을 본 것일까? 그랬다면 위안이 되겠지만, 같이 수강한 같은 과 친구는 A를 받았고 현재 법조인으로 활동 중이다.

이런저런 변명을 해보고 싶지만 이유는 명확하다. 내겐 '법률가의 두뇌'가 없었다. 어릴 때부터 문학 위주의 독서를 한 때문인지 인문학 수업, 특히 문학이나 예술 관련 수업을 들을 때는 시인, 소설가, 화가, 학자 등과 영혼의 쌍둥이라도 된 듯 공명할 수 있었다. 그건 이해의 영역이라기보다는 느낌의 영역이었고, 본능의 영역에 가까웠다.

내 뇌와 감정의 주파수는 그 세계에 최적화되어 있었다. 그렇지만 법학은 다른 문제였다. 그 세계는 논리와 합리, 이성이 지배했다. 중고등학교 때 논리의 세계인 수학을 도무지 이해하지 못했던 것처럼 나는 법학의 언어를 해독하지 못했다. 율사(律士)의 두뇌, 즉 법의 논리로 세상을 바라보는 '리걸 마인드(legal mind)'가 없었던 것이다.

'리걸 마인드'가 없으면서도 왜 굳이 나쁜 학점을 받을 위험을 감수하고 고시생 수강생들이 우글대는 법대 전공 과목을 듣는 형극(荊棘)의 길을 갔느냐 하면…… 아버지 때문이었다. (앞에서 여러번 말했지만) 아들이 화가보다는 법조인이 되길 바란 세잔의 아버지처럼 우리 아버지도 내가 고시 공부를 하길 원했다.

법학은 적성에 맞지 않는다고 여러 번 말했지만, 돌아오는 답은 항상 같았다. "세상에 적성이라는 게 어딨어? 하면 다 하게 돼 있어." 내 능력이 어떤지는 내가 누구보다도 잘 아는데, 내겐 그 논리와 합리의 세계를 이해할 만한 머리가 없는데……. 말을 해보았자 안 통하니 아버지를 설득할 만한 객관적인 증거가 필요했다. '그래, 법대 수업을 듣는 거야.' 나는 결심했다.

과목은 고시생들이 모두 듣는다는 '민법총칙'으로 정했다. 학기중에 다른 과목과 함께 듣기에는 부담스러워서 여름 계절학기에 듣기로 했다. '난 그쪽 머리는 없어, 고시 공부는 못 해.'라고 단정했지만, 한편으로는 궁금하기도 했다. 내게 '리걸 마인드'라는 게 정말 없을까? 혹시 있는데 지레 겁을 먹고 없다고 생각하는 건 아닐까?

§

찌는 듯이 더웠던 여름의 강의실이 생각난다. 대형 강의라 사람이 바글바글해서 안 그래도 더운 강의실이 체온으로 더 데워졌다. 무겁고 딱딱한 법전과 흰 바탕에 붉은 띠를 두른 곽윤직의 『민법총칙』을 구입하고 나니, 고시생 코스프레를 하고 있는 것만 같았다. 그 와중에 『민법총칙』의 저자가 곽씨라는 사실에 친근감과 안도감을 느꼈다. 곽(郭)은 희성이라 같은 성씨를 만나면 무조건 호감이 가긴

하는데, 낯설고 부담스러운 수업 교과서의 저자가 곽문(郭門)의 일원이라니 이렇게 반가울 데가! (나중에 알고 보니 민법학자 곽윤직은 나와 같은 현풍 곽씨가 아니라 청주 곽씨였다.)

시큼한 땀냄새, 열기, 붐비는 강의실 저 앞쪽의 강단에 서서 열변을 토하던 교수의 땀에 젖은 반팔 셔츠, 삐걱거리는 낡은 나무의자……. 그 수업은 텁텁하면서 축축한, 썩 유쾌하지 않은 여름의 이미지로 희미하게 남아 있다. 그때 배운 것들은 대부분 잊혔다. 대학노트를 뒤져 희미한 기억을 뒤져보니 민법 제2조의 '신의성실의 원칙'에 대해 배웠던 생각이 난다.

① 권리의 행사와 의무의 이행은 신의에 좇아 성실히 하여야 한다.
② 권리는 남용하지 못한다.

낯선 강의실, 쏟아지는 생소한 용어와 판례에 허둥대고 있었지만, 그 와중에도 '신의(信義)'와 '성실(誠實)'이라는 말이 아름답다 여겨졌다. 딱딱하고 기계적이라고만 생각했던 법에도 심장이 있다는 생각을 그때 처음 했던 것 같다. 인간이 만든 것이고 인간을 위한 것이니까. 그렇지만 신의칙을 아름답다 여긴 것과 그를 법리에 따라 현실에 적용하

는 것은 다른 문제였다. 민법상 '신의'란 사회인으로서 정
당하게 가져야 할 신뢰를, '성실'은 사회인으로서 행해야 할
주의 의무를 말하므로 내가 단어를 보고 직관적으로 느꼈
던 문학적 아름다움과는 거리가 있었다.

민법상의 선의(善意)에 대해 배운 날의 기억도 강렬하
다. 민법 제249조는 '선의 취득'에 대한 것이다.

평온, 공연하게 동산을 양수한 자가 선의이며 과실 없
이 그 동산을 점유한 경우에는 양도인이 정당한 소유
자가 아닌 때에도 즉시 그 동산의 소유권을 취득한다.

'선의'라는 단어에서 신약성경에 나오는 '선한 사마리아
인'을 즉각적으로 떠올렸던 나는 민법상의 '선의'란 "그 행
위가 불법이라는 사실을 행위자가 알지 못했다는 것을 뜻
한다."라는 설명을 듣고 어안이 벙벙했다. '모른다'는 이유
에 어떻게 선(善)이라는 말을 붙일 수가 있는지 납득하기 어
려웠다. "몰라서 그랬어요."라는 변명이야 할 수 있겠지만,
'몰랐다'는 사실만으로 행위의 본질이 '선(善)'이 될 수 있
나? 돌이켜보면 말의 쓰임에 민감했기 때문에, 법률의 언어
를 법률의 세계에 국한해 받아들이지 못하고 문학의 세계
로까지 확장시켜 생각했던 것이 나의 패착이었던 것 같다.

§

甲의 명의로 등기된 토지에 대하여 乙이 취득시효를 완성하였다. 乙이 취득시효를 완성한 사실을 알게 된 甲은 자신의 절친한 친구이자 평소 법률 문제에 대하여 박식하다고 믿어온 丙에게 이 사정을 알리면서 상담을 요청하였다. 그러자 丙은 토지를 다른 사람의 명의로 이전하여 놓으면 아무런 문제가 없다고 하였다. 한편 丙은 골프채를 밀수입하여 판매하는 사업을 동업하면 막대한 수입을 올릴 수 있다고 甲에게 설명하였고, 이에 甲은 매매를 원인으로 하여 등기명의를 丙에게 이전하여 주었으며, 매매대금은 밀수자금으로 투자하기로 하였다. 처음부터 동업의 의사가 없었던 丙은 사업을 전혀 추진하지 않았다. 甲은 어떠한 주장을 할 수 있고, 丙은 어떠한 주장으로 이에 대항할 수 있는가?

대학 시절 수업 자료를 모아놓은 파일을 뒤져 누렇게 변색된 갱지에 인쇄된 20년 전 기말고사 문제를 찾아냈다. 그때나 지금이나 정답이 뭔지는 모르겠지만, '이탈리아 르네상스와 북유럽 르네상스의 차이에 대해 서술하시오.' 같은 시험문제만 접했던 인문대생에게 이 문제가 얼마나 충격적으로 다가왔을지는 알겠다. 사회생활을 근 20년 한 지금 다시 읽어도 '주장'과 '대항'이라는 단어를 보자마자 머리가 지끈거린다. 내가 즐겨 사용하는 단어 목록, 그러니까 내 언어의 데이터베이스에는 좀처럼 등장하지 않는 단어다.

그래서였을까? 교과서를 달달 외워가며 나름대로 열심히 공부했는데도, 학점은 C+였다. 그래도 B는 받을 수 있을 줄 알았는데, C라니……. 기분이 나쁘긴 했지만 어차피 내가 그쪽 머리가 없다는 건 나 자신이 가장 잘 알고 있었으므로 충격적이지도 치욕스럽지도 않았다. 항상 A만 받던 딸이 C가 적힌 성적표를 내밀자 아버지는 나를 고시공부 시키겠다는 생각을 깨끗이 포기했다. 시험에선 비록 C를 받았지만, 합당한 근거를 들이밀며 아버지를 설득했다는 점에서 당시의 나는 평소의 나답지 않게 논리적이었다.

그로부터 1년여가 지난 3학년 2학기, 나는 또 이런 기말고사 문제를 풀고 있었다.

A는 친척인 B에게 'C의 집에 가서 1,000만 원을 빌려 오라.'며 인감도장을 맡겼다. 그런데 B는 C로부터 2,000만 원을 차용하여 A의 이름으로 차용증을 작성하고 그 이름 옆에 A의 인감도장을 찍어 주었고, 위금원 중 1,000만 원만을 A에게 가져다주었다. 또한 B는 A의 인감도장을 가지고 있음을 기화로 동사무소

에서 인감증명서를 발급받은 다음, 사채업자인 D로부터 3,000만 원을 차용하면서 D에게 A의 인감도장과 인감증명서를 보여주며 A가 보증을 서주기로 허락했다고 말하고, A를 대리하여 위 채무를 보증하는 서면을 작성하여 주었다. C와 D는 A에게 어떠한 책임을 추궁할 수 있는가?

이번에는 재수강이었다. 취업 준비도 해야 하는데 성적표에 C를 남겨둘 수 없었기 때문에 나름 절박했다. 첫 수강에서 C를 받은 건 아무래도 기초가 부족했기 때문이라고 생각하며, 그간 교양 '법학개론' 수업을 들어 법률 용어와 낯을 익혀놓기도 했다. (심지어 법학개론은 A^+를 받았다.) 전략적으로 처음 수강한 교수가 아닌 다른 교수의 수업을 택했고, 시험 공부도 처음 들었을 때보다 더 열심히 했으면 했지 소홀히 하진 않았다. 그런데 이번엔 B^-였다.

B0도 아닌 B^-. 재수강을 했는데도 성적이 고작 한 단계 상승한 것이다. 교수가 재수강인 걸 알고 불쌍히 여겨 차마 C를 줄 수 없어 관용을 베푼 것인지, 그래도 두 번째라 실력이 전보다는 나아진 것인지는 알 수 없었다. 어쨌든 B^-를 끝으로 나는 법대 수업과 영원히 이별했다. 아니, 영원히 이별했다고 생각했다. 10여 년 후에 사회인이 되어 다시 법대 강의실에 앉아 있게 될 줄은 정말 몰랐다.

외스타슈 르 쉬외르, 「정의」(1650년)

만일 학부 시절에 굳이 '민법총칙'을 듣지 않았다면?

인문대라는 좁은 세상에서 내가 제일 똑똑하다 생각하는

우물 안 개구리로 대학을 마쳤을 것이다.

§

로스쿨이 아닌 법대 일반 대학원 강의는 주로 토요일에 있었다. 수강생들 대부분이 현직 법조인이라 직장인의 스케줄에 맞춘 시간표였다. 나는 그 수업에서 거의 유일한 비법대생이었다. 회사를 다니며 미술경영협동과정 박사과정을 밟던 30대 중반 시절의 일이다. 과정을 마치려면 수업을 들어야 하는데 주중에는 일주일에 한 번 그것도 저녁 수업에 들어갈까 말까, 도저히 시간을 낼 수 없었다.

마침 법대가 협동과정에 함께 참여하고 있어서 법대 전공 수업을 들으면 학점이 인정됐다. 내가 과연 할 수 있을까? 학부 때의 악몽이 되살아났지만 선택의 여지가 없었다. F만 면하자고 생각하면서 토요일 아침마다 차를 몰고 학교로 달려가 오전 9시부터 저녁까지 연달아 수업을 들었다.

저작권법 수업을 집중적으로 들었다. 미술 관련 책을 내면서 책에 사용하는 도판 저작권 문제로 고생한 적이 몇 번 있었다. 저자가 된 후로 저작권을 행사할 경우도 생겼기 때문에 저작권에 대해서는 관심이 있었다. 그래서인지 이번에는 좀 달랐다. 여전히 용어는 낯설고 어려웠지만, 일단 용어를 체득하면 논리를 이해하는 데는 큰 어려움이 없었다.

사회생활을 10년 넘게 했고, 언론사에 다니며 시사 이슈를 많이 접했기 때문일까? 그동안 실용적인 머리가 좀 트인 것 같았다. 유려한 말솜씨로 능숙하게 발표하는 법조인들 틈바구니에서 '내게 리걸 마인드라는 게 있나?' 다시 여러 번 고민했지만, 비전공생에 대한 교수님들의 배려로 무사히 네 학기를 마치고 박사과정을 수료했다. 법학, 경영학, 행정학 중 하나를 택해야 하는 세부 전공도 선택의 여지 없이 법학으로 정했다. 만일 논문을 쓰게 된다면 미술 작품의 저작권에 대해 쓸 생각이다.

종종 생각한다. 만일 고시 공부 하라는 아버지의 강요가 없어서 학부 시절에 굳이 '민법총칙'을 듣지 않아도 되었더라면? 좀 더 수월하게, 고뇌 없이 학교를 다녔을 것이다. 학점 평점도 더 잘 받았겠지. 그러나 인문대라는 좁은 세상에서 내가 제일 똑똑하다 생각하는 우물 안 개구리로 대학을 마쳤을 것이다.

박사과정을 밟던 시절, 직장과 병행하지 않고 다른 전업 학생들처럼 미술 관련 수업을 주로 들었더라면? '과연 졸업 학점을 무사히 채울 수 있을까?' 마음 졸일 일도, 과제를 할 때마다 기초적인 용어도 해석하지 못해 끙끙댈 일도, 발표할 때마다 다른 수강생들 앞에서 주눅들 일도 없이 좀 더 편하게 학교를 다닐 수 있었을 것이다. 그렇지만 저작권이라는 세계를 탐험할 기회도, 창작자로서 나의 권리에 대해 숙고하는 경험도 없었을 것이다.

생각하는 만큼 인간은 발전하다고 믿는다. 그간 사용하지 않았던 뇌의 다른 부위를 흔들어 깨워 억지로라도 열심히 쓰다 보면, 우수함을 타고난 이들만큼은 못해도 "서당 개 3년에 풍월을 읊는다."고, 어느 정도 문리가 트이게 된다. 뇌도 근육이라 잠들어 있던 부분을 인식하고 단련하면 힘이 생기기도 하는 것이다. 무……, 물론…… 그렇다고 해서 다시 '민법총칙' 수업을 듣고 싶다는 이야기는 아니다.

수업 교재

곽윤직, 『민법총칙』(박영사)

제 3 편

자유롭게 뻗는 가지처럼

14 함께 읽는 법을 배우다

독일 명작의 이해(3학년 1학기)

학점으로 환산되지 않더라도 들을 가치가 있는 수업이 있다. 강의실에 앉아 있는 것만으로도 충만해지는 수업. 독문학과에서 개설한 교양 강좌 '독일 명작의 이해'가 그런 수업이었다. 같은 이름의 강좌가 여럿 있었지만, C 선생님 수업이 그중 명강의로 소문나 있었다. 나는 대학 3학년이었던 2001년 1학기에 그 수업을 들었다. 청강생이었다.

과 친구 S가 추천한 이 수업을 무척 듣고 싶었지만, 이미 그 학기 수강 가능 학점인 21학점을 꽉 채워 넣었기 때문에 수업을 더 집어넣을 여유가 없었다. 그 다음 학기부터는 선생님이 1년간 연구년으로 학교를 비울 예정이라, 이번에 못 들으면 더 이상 기회가 없을 것 같았다. 4학년 2학기 때 다시 개설되겠지만 졸업학기라 내가 어떤 상황일지 짐작할 수 없으므로, 선생님께 사정을 말씀드리고 청강하기로 결심했다.

'즐거운 책 읽기'가 목표인 토론식 수업이었다. 강의계획서엔 "자신의 시각으로 작품을 보는 안목을 키우며, 자유로운 의견 개진과 다양한 글쓰기를 연습함"이라고 적혀 있었다. 수업의 첫 두 주는 '친구들에게 권하는 한 권의 책'이라는 주제로 독문학에 국한되지 않더라도 자유롭게 책을 정해 글을 써 와서 발표했다. 그렇게 책 읽기를 '예열'한 후 매시간 헤르만 헤세, 프란츠 카프카, 베르톨트 브레히트, 토마스 만, 하인리히 하이네 등 독일 문학의 주요 작가 중 한 명에 대해 공부했다.

수업시간에 다뤄지는 작가의 작품이라면 무엇이든 좋았다. 어떤 책을 읽을지는 수강생의 자유였다. 책을 미리 읽고 그에 대한 글을 쓴 후, 같은 책을 읽은 수강생들끼리 모여서 토론했다. 토론 내용을 회의록으로 남겨 공유했다. 그리고 학기의 마지막엔 모두 함께 괴테의 『파우스트』를 읽었다. 시험은 없었고, 교재도 참고서도 없었다. 교재와 참고서는 학생들이 그간 자신이 쓴 글과 다른 사람들이 쓴 글을 토대로 스스로 만들어야만 했다. 그 모든 것과 수업 내용을 바탕으로 자신만의 책을 한 권 만들어 제출하는 것이 최종 과제였다. 나는 그 수업에서 내 인생의 첫 번째 책을 썼다.

그 시절에 대해 어떻게 이야기하면 좋을까. 따스한 봄

날, 아지랑이, 나른한 햇살, 햇살의 파동을 따라 교실 안에서 둥둥 떠다니던 먼지의 입자들이 생각난다. 그리고 둘러앉아 열심히 읽고 쓰던 앳된 얼굴들이 있었다. 한 학기에 최소한 예닐곱 권을 읽고 토론하겠다 작심하고 온, 문학에 대한 애정으로 가득했던 푸르른 젊음이. 그전까지 책은 혼자 읽는 것이라 생각했던 나는, 그 수업에서 처음으로 함께 읽는 법을 배웠다.

같은 책을 읽고 그에 대해 자기 생각을 나누는 일의 즐거움, 다른 사람들의 해석에 귀 기울이는 법, 내 의견을 조리 있게 이야기하고, 때론 밀어붙이고 때론 거둬들이는 법도 배웠다. 일기장에 적거나 친구에게 편지를 쓰는 것에 그치던 자기 만족적 글쓰기에서 벗어나 여러 사람에게 글을 보여주며 의견을 듣는 법도 익혔고, 다른 이들의 글을 읽으며 내 식견의 한계를 깨닫고 사고를 확장하는 법도 체득했다.

글 쓰는 사람으로서의 시작이 그 수업에서 싹텄다. 『파우스트』를 읽고 느낀 허무에 대해 썼더니, 선생님은 이렇게 적어 주셨다. "허무는 가장 자양분이 많은, 생산성의 토양입니다." 학생들이 제출한 모든 글을 줄 처가며 읽고 코멘트해 주셨던 선생님은 대개 다정했지만 칭찬으로만 일관하진 않았다.

브레히트의 『사천의 선인(善人)』을 읽고 축자적인 의미의 '선(善)'에 대해 썼을 땐 이런 코멘트가 달렸다. "아름다운 '마음'의 수용. 악랄하리만치 도발적으로 브레히트가 강한 주장을 펼쳐가는 '전술'에도 주목하기 바랍니다." 내가 지나치게 온정적으로, 비판의식 없이 세상을 바라보는 경향이 있으며 시야가 지극히 좁다는 사실을 그때 처음 깨달았다.

헤세의 『데미안』을, 카프카의 『변신』을, 토마스 만의 『토니오 크뢰거』를 읽었다. 파울 첼란과 횔덜린의 시를 배운 것도 그 수업에서였다. 독일어를 배운 적 없어 막연히 '딱딱하고 무뚝뚝한 언어'라는 편견만 가지고 있던 나는, 그 수업에서 선생님이 원어로 읽어주는 독일 시를 들으며 처음으로 독일어가 아름답다 여겼다.

나의 두 번째 책 『모든 기다림의 순간, 나는 책을 읽는다』(2009)는 이 수업에서 읽은 책에서 많은 힘을 얻었다. 그 이후 소규모의 책 읽기 모임을 이끌어야 하는 경우가 종종 있었다. 회사 업무차 책 관련 팟캐스트를 진행한 적도 있었는데, 새로운 일이 닥치면 보통 겁부터 먹는 내가 그 일을 즐기고 있다는 사실에 놀랐다. 돌이켜보니 '독명이'라 줄여 불렀던 그 수업에서 많이 해보아 나도 모르게 익숙해져 있었던 것이다.

§

"인간은 지향이 있는 한 방황한다.(Es irrt der Mensch,

solang'er strebt.)"라는 문장은 수업을 들은 많은 이들에게 삶의 모토가 되었다. 괴테의 『파우스트』를 한 줄로 요약하자면 이 말이 될 것이라고 선생님은 일러주었다. (괴테 연구자인 선생님은 2011년 동양인 최초로 유서 깊은 바이마르 괴테학회에서 수여하는 괴테 금메달을 받았다.)

『파우스트』는 세상의 모든 걸 알고 싶다는 인식욕에 사로잡혀 악마 메피스토펠레스에게 영혼을 파는 파우스트 박사의 이야기다. 『파우스트』의 도입부인 「천상의 서곡」에서 이런 파우스트를 메피스토펠레스가 비웃자, 주님은 "인간은 지향이 있는 한 방황한다."고 말한다. "선한 인간은 어두운 충동에 사로잡혀 있을지라도, 바른 길을 잘 의식하고 있다."고 덧붙이며 메피스토에게 파우스트를 맡긴다.

"분투하는 인간은 길을 잃는다."라고도 해석될 수 있는 이 문장은 흔히 "인간은 노력하는 한 방황한다."고 번역되는데, 내게는 독일어를 하나도 모르면서도 원문을 외워 적을 정도로 아끼는 문장이 되었다. 아버지가 원하는 대로 고시 공부를 할 것인가, 내 바람대로 인문학 공부를 계속할 것인가, 아니면 취직을 해서 제3의 길을 찾을 것인가 방황 중이던 당시의 내게는 이 문장만큼 위로가 되는 말이 없었다.

각자의 세계에서 길을 잃고 헤매고 있었을 다른 수강생들에게도 마찬가지였으리라 생각한다. 대학 시절뿐만이

217

요한 볼프강 폰 괴테(1749~1832)

파우스트 앞에 나타난 메피스토펠레스

하늘에 있는 메피스토펠레스

파우스트 앞에 나타난 마르가리테의 영혼

아니었다. 사회인이 된 이후에도, 어려움이 닥치고 미로(迷路)에서 헤매고 있는 것만 같은 순간이 찾아올 때마다 나는 이 문장에 기대어 '노력하고 있으니 방황하는 거겠지.' 생각하곤 했다.

사회생활을 거듭하면서 세파에 찌들어 나 자신이 너무나 더러워진 것만 같을 때, 일하다 보니 어쩔 수 없이 손에 피를 묻히게 될 때, 맥베스 부인처럼 수백 번 그 손을 씻어도 도무지 핏자국이 지워지지 않을 때는, 울면서 읊조렸다. "선한 인간은 어두운 충동에 사로잡혀 있을지라도, 바른 길을 잘 의식하고 있다.(Ein guter Mensch in seinem dunklen Drange ist sich des rechten Weges wohl bewußt.)"

수업이 끝날 때 나는 선생님의 강의 내용, 내가 수업 시간에 쓴 글과 인상 깊었던 다른 학생들의 글을 책으로 엮어 제출했다. 들라크루아의 「파우스트」 판화를 표지에 넣고, 기형도의 시 「대학 시절」을 서문 다음에 넣었다. "그리고 졸업이었다, 대학을 떠나기가 두려웠다."라는 기형도의 마지막 구절이 정확히 내 마음을 대변하고 있었다. 선생님은 나를 따로 불러 청강생이 수업에 모두 참석하고 과제를 다 해내다니 대견하다며 "학점 줄 테니 다음에 그냥 수강 신청해. 수업엔 들어오지 말고." 하셨다. 1년 후 다시 수업이 개설되었을 때, 잊지 않고 학점을 주셨다. 의외의 선물이었다.

§

　B로부터 전화가 온 것은 2014년 5월의 마지막 수요일이었다. 법대 소속으로 한 학번 아래 후배인 그와는 '독일 명작의 이해'를 통해 알게 된 사이다. 수업을 들은 사람들이 학기가 끝난 후에도 연락하며 지내게 되었고, 같은 학기에 수업을 듣지 않은 사람들끼리도 친구가 되는 일이 잦았던 기묘한 수업이었다. 수강 시기가 달랐던 우리가 언제 어떻게 처음 만나게 되었는지는 기억이 나지는 않는다. 독명이 수업 뒷풀이엔 늘 선생님을 존모(尊慕)하는 예전의 수강생들이 들르곤 했는데, 아마도 그중 하나인 어느 밥자리에서 안면을 트고 친해지게 되었던 것 같다.

　수강생 중에서도 특히 선생님을 따랐던 B는 "'오마토'와 '시마토'라고 불리는 매년 오월과 시월 마지막 토요일이 선생님의 여주 집필실에 제자들이 모이는 날"이라며 "토요일에 여주엘 가지 않겠냐?"고 했다. 선생님이 10년 전에 폐가가 된 여주의 한옥을 매입해 강의가 없는 날이면 거기서 지내신다는 소문을 듣고 '한번 가봐야지.' 하던 참이었다. 그렇게 나는 대학을 졸업한 지 11년 만에 다시 독일 명작의 세계로 발을 들이게 되었다.

　그 주 토요일, 차를 몰고 여주로 향했다. 선생님은 여주 시내에서도 한참 떨어져 논밭 한가운데 자리한 외진 동네에 살고 계셨다. 전화를 드렸더니 "바쁜 사람이 어찌 왔냐?"며 깜짝 놀라신다. 마당에 석등(石燈)이 있고 꽃이 피어 있고, 처마 끝 곳곳에 풍경(風磬)과 램프가 걸려 있는 아름다운 집. 선생님의 침실인 다락, 자그마한 거실 겸 서재, 손님 방, 학생들 MT용으로 지어 붙인 방, 시렁을 얹은 주방, 상추와 미나리가 자라는 텃밭……. 쓰시던 책상과 작고 한 어머님이 물려주신 재봉틀을 제외하곤 모든 가구는 주워 온 것이라고 했다.

나는 그날 가장 먼저 온 손님이었다. 학생들은 자유롭게 와서 글을 쓰고 책을 읽고 밥을 해 먹으며 머물다 간다고 했다. 선생님이 안 계실 때도 집은 열려 있고, 오마토와 시마토 때 밤늦게 온 사람들은 이야기를 나누다 저마다 알아서 침낭을 찾아 눕는다고 했다. "오늘은 누가 오나요?" 여쭤보자 "나도 몰라. 매번 다르거든. 그게 재미야."라는 답이 돌아왔다.

§

피곤할 테니 눈 좀 붙이라는 말씀에 누워 졸다가 인기척에 깼더니 B 부부, B와 막역한 사이이면서 나와 함께 수업을 듣기도 한 H, 이들과 여주터미널에서 우연히 만나 같은 버스를 탔다는 다른 수강생이 나타났다. (B 부부는 '독명이' 수업을 들은 인연으로 만나 결혼했다.) 선생님이 "일단 먹으라."며 갓 쑤어 온 뜨끈뜨끈한 두부를 내어주셨다.

요한 하인리히 빌헬름 티슈바인, 「괴테, 로마 여행지 숙소에서」(1787년)

"인간은 지향이 있는 한 방황한다." — 괴테, 『파우스트』에서

사회인이 된 이후에도, 어려움이 닥치고 미로(迷路)에서

헤매고 있는 것만 같은 순간이 찾아올 때마다 나는 이 문장에 기대어

'노력하고 있으니 방황하는 거겠지.' 생각하곤 했다.

이윽고 차 한 대가 들어오더니 청년 둘이 들이닥쳤다. 독문학과 법학으로 각각 전공도 다르고 학번도 여섯 학번이나 차이가 나며, '독명이' 수업도 다른 시기에 들었다고 했다. "어떻게 같이 오게 된 거냐?" 물었더니 같은 부대에서 군복무 중에 '독명이' 수강생이라는 이유로 친해지게 되었는데 마침 오마토와 둘의 휴가가 겹쳐 함께 오게 되었다고 했다. 문학에 애정이 깊은 사람들은 어떤 상황에서든 같은 책을 읽었다는 이유만으로 동류(同類)라는 걸 알아보고 친구가 된다.

두부를 다 먹은 후에 선생님의 '프로젝트'를 보러 갔다. 집필실에서 차로 10분 거리의 계곡에 선생님은 '서원(書院)'을 짓고 계셨다. 서구의 유산인 독문학과 유학의 집결지인 서원이 언뜻 연결되지 않아 "서원이라니 대체 뭐예요?" 여쭸더니 "서원이 서원이지."라는 답이 돌아왔다. 괴테를 기리는 서원이었다. 작고한 부친의 호를 따 '여백(如白) 서원'이라 이름 붙였다고 하셨다. 서원 뒤꼍엔 시를 기리는 정자인 '시정(詩亭)'이 들어서는데, 읽고 쓰는 사람들에게 공간을 제공하려고 사비를 털어 짓고 계신다고 했다.

서원은 그해 '시마토'에 개관 예정이었다. 한옥 형태이지만 내부는 현대식인 건물. 벽난로가 있는 큰 거실이, 귀중본 서고로 쓰일 온돌방이, 밥을 해 먹을 주방이 있는……. 잠을 잘 수 있는 다락과, 바깥 풍경을 내다보며 목욕할 수 있는 욕실, 노천탕과 정자가 딸린, 그런 집. 오직 책과 글과 그를 사랑하는 사람들을 위한 집.

열어젖힌 창문으로 푸른 숲이 우거진 풍경이 눈에 들어왔다. 선생님은 동쪽 창 밖에 나무를 심고 '아침의 지혜'라 이름 붙이겠다 하셨다. 조금 걸어 서원 뒤 '시정'을 보러 갔다. 같은 형태의 정자가 독일 도나우 강변에 있다고 했다. 선생님이 20년 지기인 독일 시인 라이네 쿤체에게 선물한 정자다.

시정 옆 연못에 노란 붓꽃이 피어 있었다. 대리석에 조각한 괴테의 시구(詩句)가 흩뿌려진 꽃잎처럼 여기저기 놓인 둘레길을 걸어 내려와 다시 서원으로 왔다. 그새 수강생 두 명이 더 합류했다. 정자에 앉아 수박을 잘라 먹고 막걸리를 마시며 자기소개를 했다. 그리고 적막이 찾아왔다. 그 적막을 뻐꾸기 울음과 맹꽁이 소리가 메웠다.

밤이 깊어갈수록 더 많은 사람들이 나타났다. 대구에서 올라온 수강생도 있었는데, 대구의 한 대학에서 교류학생으로 왔을 때 이 수업을 들었다고 한다. 이어 한 무리의 여성 동지들이 보쌈을 싸 들고 등장했다. 10시 반이 넘어 학부생 세 명이 더 오는 걸 보고, 일찍 온 나는 먼저 자리를 떴다. 서울로 돌아오니 새벽 1시가 가까웠다.

모든 세속적인 것과는 거리가 먼 그 공간, 이상주의자만이 만들 수 있는 그 서원의 대들보에 선생님은 적어 넣었다. "爲如白 爲後學 爲詩." 여백을 위해, 후학을 위해, 시를 위해……. 시를 읽지 않는 시대, 시를 위해. 실용의 시대, 잉여를 위해. 시 가르치는 사람의 딸로 태어나 자란 나는 그 말이 뭉클하면서도 아파서, 어두운 주차장에 차를 대고 집으로 올라오는 길에 조금 울었다.

§

선생님의 정년퇴임 고별 강연은 2016년 6월에 있었다. '독명이' 수강생 20여 명이 주축이 되어 마련한 자리였다. 수업을 통해 인생의 첫 책을 썼던 우리는 선생님의 정년 기념으로 몰래 책을 엮어 드리기로 했다. 학교를 떠난 지 한참 된 졸업생들이 각자의 인맥을 통해 기억을 더듬어 프로젝트에 즐겁게 참여할 만한 수강생들을 찾아냈다.

'독일 명작의 이해와 나', '다시 읽는 독일명작'이라는 주제로 글을 쓰고 선생님과 수강생들의 사진을 넣어 자그마한 책을 만들었다. 제목은 "작은 여백들, 아름다운 유월에"라고 붙였다. 그새 선생님의 염원대로 문을 연 '여백 서원'과, 우리 모두가 좋아하는 『파우스트』의 명구 "멈추어라 순간이여, 너 참 아름답구나!"에서 따온 말이었다.

"글 배웠고 글 읽었으면 바르게 살아야 합니다."라고 선생님은 고별 강연에서 말씀하셨다. 우리가 선생님으로부터 수없이 들어온 '공부하는 이유', '책을 읽는 까닭'의 핵심이

기도 했다. 선생님의 '마지막 강의'가 끝나자 수강생 중 한 명이자 나의 과 후배이기도 한 J가 축사를 겸해 자신이 쓴 '독일 명작의 이해와 나'를 낭독했다. "선생님께서 항상 건강하시기를, 이 말에 내 모든 존경과 사랑을 담아본다."라는 애정 어린 문장으로 끝나는 글. 이윽고 책의 서문을 읽고, 꽃다발과 함께 책을 드렸다. 선생님은, 놀라고 감동해서 우셨다.

책의 교정교열을 맡았던 나는 이미 다른 수강생들의 글을 읽으며 많이 울었다. "마지막으로, 선생님께, 삶을, 그리고 사랑을 가르쳐주셔서 감사합니다."라는 어느 수강생의 인사를 읽으면서, 대학에 처음 입학했을 때 드넓고 황량한 캠퍼스에서 단 한 분, 선생님만이 유일하게 따뜻한 격려를 주는 분이었다는 다른 수강생의 추억을 접하며, 나를 이 수업으로 인도한 친구 S가 "수업을 들으면서 내 생각을 형성해 내는 훈련을 했다. 첫 수업에서 써낸 글이 내가 내놓은 첫 '내 생각'이었다."라고 회고한 문장을 짚으며……

보수적이기로 이름난 경북 모 지역 출신이라 "남자는 평생 세 번만 우는 것"이라는 말을 귀에 못이 박이도록 들었다는 한 수강생이 선생님으로부터 배운 괴테의 시에서 "나를 울게 두어라! 우는 건 수치가 아니다/ 우는 남자들은 선한 사람"이라는 구절을 접하고 크게 충격받았다고 썼다. 그 글에 인용된 시를 읽으며 나는 다시 또 울었다.

나를 울게 두어라! 밤에 에워싸여

끝없는 사막에서,

낙타들이 쉬고, 몰이꾼도 쉬는데,

돈 셈하며 고요히 아르메니아인 깨어 있다

그러나 나, 그 곁에서, 먼먼 길을 헤아리네

나를 줄라이카로부터 갈라놓는 길, 되풀이하네

길을 늘이는 미운 굽이굽이들.

나를 울게 두어라! 우는 건 수치가 아니다.

우는 남자들은 선한 사람.

아킬레스도 그의 브리세이스 때문에 울었다!

크세르크세스 대왕은 무적의 대군을 두고도 울었고

스스로 죽인 사랑하는 젊은이를 두고

알렉산드로스 대왕이 울었다.

나를 울게 두어라! 눈물은 먼지에 생명을 준다.

벌써 푸르러지누나.

— 요한 볼프강 폰 괴테, 전영애 옮김, 『서·동 시집』(도서출판 길)에서

§

'독일 명작의 이해' 마지막 수업을 겸하기도 했던 그날 행사에서 스피치를 맡은 수강생이 한 말이 오래도록 기억난다. 그는 방송국 예능 PD로 일하고 있는데, 수업을 들으며 제출한 과제에 대해 선생님이 항상 "재미있다." 해주셨

기 때문에 '나는 재미있는 사람이야.'라는 착각을 할 수 있었다고 했다. 그 착각 덕에 방송국에 들어가 예능 프로그램을 만들게 되었다며, 여러분도 이 수업을 통해 '위대한 착각'에 빠졌으면 좋겠다고 말했다. 일하다 말고 택시 타고 달려와 스피치를 하고 황급히 되짚어 다시 일하러 간 그가 다음 날 새벽 퇴근길에 단체 채팅방에 적었다. "오랜만에 아름다운 착각 속에 빠진 것 같습니다. 어쩌면 문학이 하는 일도 우리를 이러한 착각 속에 빠뜨리는 게 아닐까 생각합니다."

인간은 자주 착각하고, 착각을 진실로 믿어 가끔씩 위대한 힘을 발휘하고, 착각에서 깨어나 슬퍼지고, 그럼에도 불구하고 다시 착각한다. 착각할 수 있는 존재라는 것, 흔들릴 수 있는 존재라는 것, 인간의 취약성을 인정하면서 그럼에도 삶에 의미를 부여하고 살아가도록 하는 것이 인문학의 힘이라고 나는 생각한다.

우리는 '독일 명작의 이해'를 통해 인간은 지향하는 바가 있는 한 방황한다고 배웠다. 그러한 생각을 가지고 살아가는 것이 진정한 '교양인'의 자세라는 것도 함께 배웠다.

우리가 그 교실에 단 한 학기 머물렀다 떠나간 이후에도 선생님은 오랫동안 강의실을 지키며 새로운 학생을 만나고 키워내셨다. 졸업한 후 10년쯤 지났을 때, 우연히 학교에서 선생님을 마주쳤는데 "세월이 흘러도 책을 읽겠다고 수업을 듣는 학생들의 근본은 같더라." 하신 말씀이 잊히지 않는다.

정년퇴임 강연 이후로 세월이 많이 흘렀다. 얼마 전 서원에서 오래간만에 선생님을 뵈었다. 선생님은 여전히 공부에 몰두하느라 주방에 가스가 끊긴 것도 잊어버릴 정도로 열정적이며, 괴테가 이탈리아를 여행하며 머물렀던 집에 거하며 연구할 기회가 마침내 생겼다며 새로 이탈리아어를 공부하고 계신다.

읽고 쓰느라 바빠 컵밥으로 끼니를 때우고 계시던 선생님을 억지로 인근 식당으로 모시고 가 저녁을 먹으며 "선생님, 우리 모두는 한때 그 강의실에서만은 빛나는 청년이었어요. 지금은 너무 늙어버렸지만." 했더니, 선생님께서는 "내 눈에는 아직도 빛나. 그래서 고마워." 하셨다. 그날 여주로 향하면서 계속 생각했다. '독일 명작의 이해'란 내게 무엇일까? 한때 빛나는 청년이었다는 사실을 증빙하는 인장(印章) 같은 것이 아닐까?

§

인생의 지표가 되는 수업이 있다. '독일 명작의 이해'가 그랬다. 그 수업을 생각하면 그림 한 점이 떠오른다. 오스트리아 화가 프란츠 아이블의 1850년 작품 「책 읽는 소녀」다. 왼손으로 책을 들고, 오른손은 가슴에 얹은 채 책에서 얼은 감동을 고스란히 느끼고 있는 단발머리 소녀. 대학 2학년 여름에 떠난 유럽 배낭여행 때 빈의 벨베데레미술관에서 이 그림을 본 순간 그 앞에 그대로 멈춰 한참을 있었다.

소녀가 읽고 있는 책 속으로 나도 빨려들어 갈 것만 같았다. 칠흑같은 소녀의 머리카락과 흰 옷자락의 시각적 대비가 강렬했다. 그토록 몰입해 있지만, 그는 그 책이 앞으로 자신에게 어떤 길을 보여줄지 알지 못한다……. 이번에 뵈었을 때 선생님과 그 그림 이야기를 했다. 선생님이 빈에서 처음 본 순간 눈을 뗄 수 없었다는 그림 이야기를 꺼냈을 때, 나는 어떤 그림인지 단박에 알아차렸다. 책 좋아하는 사람이라면 매혹될 수밖에 없는 이미지인 것이다.

가끔씩 수업의 한순간이 기억 속에서 불거진다. 나는 다시 대학생이 되어 낡은 인문대 강의실에 동학(同學)들과 둘러앉아 함께 책을 읽는다. 아이블의 소녀처럼 홀린 듯 책의 세계로 빠져 들어간다. 독명이 수업을 계기로 법학에서 영문학으로 진로를 틀었다는 H가 선생님의 정년퇴임 기념 문집에 남긴 글이 생각난다. 선생님은 학교를 떠나시지만 '독일 명작의 이해'를 기억하는 수강생들의 삶과 여백 서원을 통해 이 명강의는 고유한 생명력을 이어갈 거라며, 그는 이렇게 썼다. "그 도저(到底)한 흐름 속에서 우리 모두는 다시 한 번 '독일 명작의 이해'가 진행되었던 강의실로 되돌아가 영원한 청년이 되는 것이다."

프란츠 아이블, 「책 읽는 소녀」(1850년)

15 관념과 현실, 자유로운 드나듦의 세계

일본미술사 (3학년 2학기)

어려서부터 아버지는 나에게 자주 금각(金閣)에 대한
이야기를 들려주었다.

— 미시마 유키오, 허호 옮김, 『금각사』(웅진지식하우스)에서. 이하의 인용문들
도 같은 책.

읽는 이를 한 세계로 인도하는 문장이 있다. 이 문
장이 내게 그런 역할을 했다. 미시마 유키오(三島由紀夫,
1925~1970) 소설 『금각사(金閣寺)』의 첫 문장. 어머니가 대
학시절 읽던 책이라는 빛 바랜 삼중당문고의 첫 장을 넘겼
던 열일곱 살 때, 이 문장은 이상하리만치 나를 사로잡았
다. 금각도 금각사도 무엇인지 몰랐고 세로쓰기에 익숙하
지 않아 그 책을 다 읽어내지도 못했지만, 아버지로부터 세
상에서 가장 아름다운 존재라는 금각에 대한 이야기를 들

고 자랐다는 주인공 소년처럼 나 역시나 미(美)의 결정체인 금각에 대한 환상을 가지게 되었다.

이 문장을 읽은 것을 계기로 나는 상상 속의 금각이 구현해 낸 세계에 한쪽 발을 들여놓게 되었다. 언제든 기회가 생기면 다른 한쪽 발마저 잽싸게 옮겨 그 세계로 완전히 들어갈 채비가 되어 있었다. 바다 없이 산으로 둘러싸인 지방 소도시 출신이라 애니메이션, 만화 같은 일본 대중문화를 해적판으로도 접할 기회가 드물었던 내가 일본적인 아름다움, 일본인의 미의식에 대해 관심을 가지게 된 것이나 '일본미술사' 수업을 듣게 된 것도 금각 때문일 거라고 되짚어 생각해 본다.

§

'일본미술사' 수업은 늦은 오후에 있었다. 다른 직장이 있었던 강사는 자주 수업에 늦었다. 가을 넘어 겨울로 향해 가는 불기 없는 낡은 강의실에서, 우리는 그를 기다리다 지쳐 곱은 손을 비비며 오들오들 떨었다. 학교가 아닌 곳에서 직장생활을 하면서 한 발은 밥벌이의 세계에 담그고 다른 한편으로는 학계에서 멀어지지 않으려 애써 강의를 맡으며 버둥대는 일이 얼마나 힘든지, 그 시절에는 몰랐다.

아마 당시의 그는 산적한 일거리를 뒤로한 채 수업 준비를 하고는 상사의 눈치를 보다가 마침내 사무실을 빠져 나와 황급히 학교로 향했던 것이었겠지만, 어린 우리는 차라리 휴강이라도 해주면 좋으련만 마냥 기다리게 하는 그가 원망스러웠다. 그렇지만 헐레벌떡 강의실 문을 열고 들어온 그가 미안하다는 말과 함께 슬라이드를 켜고 수업을 시작하면, 어두운 강의실의 흰 스크린에 빛이 일구어내는 이미지 외에는 그 무엇도 중요한 것이 없는 것만 같았기에 이내 짜증스러움과 추위 따위는 잊고 수업에 집중하게 되었다.

외계인이 만든 것처럼 괴상하게 생긴 조몬(繩文) 토기와 백제와 연관이 깊다는 호류지(法隆寺)의 불교 미술품, 우리나라 국보 83호와 놀랄 만큼 닮은 일본 국보 1호 고류지(廣隆寺) 목조반가사유상 등을 배웠다. 헤이안 시대의 궁중 여인 무라사키 시키부(紫式部)가 쓴 장편소설 『겐지모노가타리』를 그림으로 표현한 「겐지모노가타리에마키(源氏物語繪卷)」 등을 익힌 후에 무로마치(室町) 시대(1392~1573)로 들어섰다. 일본 중세의 마지막 시대이자, 일본 미술사의 중심 장르가 조각에서 회화로 재편되는 시기이기도 하다. 일본의 무사 문화와 중국 선종(禪宗) 문화가 결합돼 이 시기를 지배한다.

무로마치 시대 미술을 짚어가던 어느 날, 마침내 금각에 대해 배웠다. 11월이었다. 정식 명칭이 '로쿠온지(鹿苑寺)'인 금각사는 원래 무로마치 막부의 쇼군 아시카가 요시미

복원되기 이전의 금각사(19세기 말)

복원된 후 현재의 금각사

쓰(足利義滿)가 1397년 교토에 지은 별장이었다. 아시카가 요시미쓰 사후에 그의 유언에 따라 선종 사찰로 바뀌게 되었는데, 금박을 입힌 3층 누각이 유명해지면서 '금각사'라 불리게 되었다.

내 마음속의 중요도와는 달리 일본 미술사 전체에서 금각은, 하찮지는 않지만 그렇다고 「모나리자」급으로 중요한 작품도 아니었다. 선생님은 금각이 헤이안 시대 후기부터 시작된 귀족들의 주택 건축 양식인 신덴즈쿠리(寝殿造) 양식을 바탕으로 지어졌다는 것, 금박으로 마무리한 것은 화려한 것을 좋아하는 무장들의 취향을 반영한다는 것, 원래 건물은 1950년 화재로 불탔고 이후 복원되었다는 것 등의 간략한 설명만 해주고 넘어갔다. (미시마 유키오의 『금각사』는 어느 사미승이 저지른 1950년 방화에 영감을 얻은 작품이다.)

수업을 듣고 난 그해 겨울, 학교 도서관에서 『금각사』를 빌려 마침내 끝까지 읽었다. 말더듬이에 스스로를 추하다 생각하는 주인공 미조구치에 감정이입하며, 본인이 아름답지 못하다 여기기 때문에 오히려 미의 결정체에 집착하다가 마침내 그것을 불태워 버림으로써 소유하게 되는 그 마음의 움직임을 따라가면서 몇몇 구절을 옮겨 적었다. 미술 서적을 뒤져 소년이 할 수 있는 한 금각의 역사에 통달한 미조구치의 상상,

이렇게 생각하니, 나에게는 금각 그 자체도 시간의 바다를 건너온 아름다운 배처럼 생각되었다. 미술 서적에서 말하는 '벽이 적고, 바람이 잘 통하는 건축'이라는 설명이 배의 구조를 상상하게 하였으며, 이 복잡한 3층의 지붕 달린 배가 임하고 있는 연못은 바다의 상징처럼 여겨졌다. 금각은 수많은 밤을 노 저어 왔다. 언제 끝날지도 모르는 항해, 그리고 낮 동안은, 이 신비스러운 배는 아무 일도 없었다는 듯한 얼굴로 닻을 내린 채 뭇사람들의 구경거리가 되고, 밤이 오면 주위의 어둠으로부터 힘을 얻어, 지붕을 돛처럼 부풀려 출범하는 것이다.

외모에 콤플렉스가 있다는 이유로 미조구치가 동질감을 느끼는 친구 가시와기가 하는 말,

"미라는 것은, 마치, 뭐라고 할까, 충치와도 같은 거야. 그건 혀에 닿아 신경 쓰이고 아프게 하여, 자신의 존재를 주장하지."

병적으로 탐미적인 소년이 그 탐미성 때문에 광적인 일을 저지르는 이야기에 이끌렸던 그 시절의 나는 나 스스로가 미조구치와 마찬가지로 마음 한구석이 병든 사람이라

생각했다. 그렇지만 지금은 안다. 젊은 날 병증(病症)이라 여겼던 몇몇 일들이 삶과 인간의 여러가지 빛깔에 이끌리고 호기심을 가지며, 때로 흔들리는 청춘의 당연한 통과의례라는 것을. 민족주의에 광적으로 몰입해 할복자살로 생을 마감하는 무시무시한 미시마 유키오도 생각해 보면 『금각사』를 썼던 1956년엔 겨우 31세였던 것이다.

외모는 보잘것없었지만 나의 내계는 누구보다도, 이토록 풍요로웠다. 무언가 씻어 없앨 수 없는 열등감을 지닌 소년이, 자신을 은근히 선택된 인간이라고 생각하는 것은 당연한 일이 아닐까?

§

소설 속 금각을 진짜로 보게 된 것은, 스물일곱 살 때인 2005년 겨울이었다. 설 연휴였고, 사회인이 된 이후 첫 해외여행이었으며 첫 일본 여행이기도 했다. 3박 4일간 오사카를 거쳐 교토와 나라, 고베 등을 둘러보는 일정이었는데, 내게 그 여행의 가장 큰 목표는 금각을 실견(實見)하는 것이었다. 『금각사』의 주인공 미조구치는 아버지의 손에 이끌려 마침내 금각을 보게 된 날, 실망한다. 실재하는 그 무엇도 자신이 오랜 세월을 거쳐 관념 속에 구축한 아름다움을 이길 수는 없었기에.

나는 이리저리 각도를 바꾸어, 혹은 고개를 기울여 바라보았다. 아무런 감동도 일지 않았다. 그것은 낡고 거무튀튀하며 초라한 3층 건물에 지나지 않았다. 꼭대기의 봉황도, 까마귀가 앉아 있는 것처럼 보일 뿐이었다. 아름답기는커녕 부조화하고 불안정한 느낌마저 들었다. 미라는 것은 이토록 아름답지 않은 것일까, 하고 나는 생각했다.

내가 금각에 당도한 것은 비가 부슬부슬 내리는 날이었다. 교토의 겨울은 서울보다 따스했지만, 비 내리는 날은 만만치 않게 바람이 불고 추웠다. 환한 햇살 아래 금각이 찬란히 반짝이는 걸 보고 싶었는데, 하필 비가 오다니……. 아쉬움이 컸지만 우중(雨中)의 금각을 보는 것도 아무나 하는 경험은 아닐 거라며 마음을 달랬다.

혼자가 아니라 다행이었다. 설연휴에 같은 지역을 여행한다는 사실을 우연히 알게 돼 그날 하루 동행한 친구 J와 함께였다. 교토를 여행지로 정했지만 금각사에는 아무 관심이 없었다는 J는 소설『금각사』에 대한 나의 호들갑에 넘어가 금각사에 함께 가기로 마음을 정했다. 우리는 쏟아지는 빗줄기를 맞으며 금각이 그림자를 드리운 연못에 도착했다.

금각이 한 마리 봉황처럼 늠름하게 위용을 떨치기를,

그러면서도 고상하고 품위 있는 아름다움을 은은히 뿜어내기를 나는 기대했으나, 빗속에서 마침내 금각이 모습을 드러냈을 때 은근히 실망하고 말았다. 꼭대기의 봉황은 미조구치와는 달리 내 눈엔 까마귀처럼 보이지는 않았다. 오히려 너무 심하게 번쩍였다. 은근한 아름다움을 기대했지만 막상 눈으로 본 금각은 마치 미인이 웃을 때마다 흰 잇새로 번뜩이며 환상을 깨뜨리는 금니 같았다.

그렇지만 실망만으로 끝내기에는 그 여행이 너무나 아까웠다. 나는 황급히 머릿속을 헤집어 상상의 금각을 끄집어냈다. 너무나 좋아해서 외우고 있던 소설의 마지막 구절을 입 밖으로 꺼내 J에게 들려주었다. 금각에 불을 지른 미조구치는 산길을 달려 올라 도망간다. 온통 피가 밴 상처와 물집투성이인 몸을 짐승처럼 핥는다.

호주머니를 뒤지니, 단도와 수건에 싸인 칼모틴 병이 나왔다. 그것을 계곡 사이를 향하여 던져 버렸다.

다른 호주머니의 담배가 손에 닿았다. 나는 담배를 피웠다. 일을 하나 끝내고 담배를 한 모금 피우는 사람이 흔히 그렇게 생각하듯이, 살아야지 하고 나는 생각했다.

허무가 피워낸 삶의 의지라는 기묘한 역설에 매혹되었

던 20대 때와 마찬가지로, 지금도 나는 종종 이 구절에 기대곤 한다. 모든 면에서 빛나는 친구 쓰루카와의 흰 셔츠를 보며 "이 친구 셔츠의 주름살처럼, 내 인생은 주름살투성이다."라고 미조구치가 생각하듯 왜 신은 하필 나를 선택해 이런 가혹한 시련을 주는 건가 싶을 때, 존재하는 것이 버거워 감히 비존재(非存在)를 갈망하게 될 때 마음을 추스르며 이 구절을 생각한다.

단도와 칼모틴 병을 계곡 사이로 던져 버리는 미조구치의 마음을 닮아보려 애쓴다. 담배는 피우지 않지만 막 한 모금 빤 것마냥 시늉하며 몇 번이나 되뇌어 본다. "살아야지 하고 나는 생각했다." 그 구절을 반복해 떠올릴 때, 금각의 이미지는 더 이상 초라하거나 실망스럽지 않다. 견고하고 찬란한 심상이 되어 굳게 뿌리내린다.

그토록 실망을 주었던 금각도, 야스오카에 돌아온 후 나날이 내 마음속에서 다시 아름다움을 되살려, 어느덧, 보기 전보다도 훨씬 아름다운 금각이 되었다. 어디가 아름답다고는 말할 수 없었다. 몽상에 의하여 성장한 것이 일단 현실의 수정을 거쳐, 오히려 몽상을 자극하게 된 것으로 여겨진다.

실망하게 될지라도, 관념 속에서만 존재하던 세계를 현

오가타 고린(尾形光琳), 「연자화도병풍(燕子花圖屏風)」(1702년)

빈센트 반 고흐,「붓꽃」(1889년)

실에서 확인하는 일은 중요하다. 앎은 그런 과정을 통해 구체화된다. 실재하는 금각을 눈으로 직접 보았기 때문에, 나는 금각 꼭대기의 봉황이 극락정토를 상징하는 서쪽을 향하고 있다는 사실을 기억하고 있다. 봉황이 서쪽을 꿈꾸는 것은 금각을 지은 이가 죽은 후 아미타불이 다스리는 서방 정토의 세계에 도달하기를 염원했기 때문일 거라고 짐작해 보는데, 이는 '일본미술사' 수업을 들은 덕이다. 그 수업 시간에 뵤도인(平等院)을 비롯, 헤이안 시대 귀족들이 극락정토를 형상화해 지은 건축에 대해 배웠기 때문이다. 후대의 인간이 명명한 한 시대가 끝났다고 해서, 그 전 시대의 유행이 무 자르듯 끝나 버리는 것은 아니라는 것, 역사라는 것은 산술적인 것보다는 훨씬 복잡한 인간의 마음과 연관되어 있다고 생각하는 것은 한때 사학도였던 영향이 클 것이다.

대학 시절에 들었던 다른 많은 수업들과 마찬가지로, 지금의 나는 '일본미술사' 시간에 배운 내용의 1퍼센트도 채 기억하지 못한다. 그렇지만 그 수업은 희미하게나마 아름다운 금빛의 기억으로 남아 있다. 수업을 통해 나는 '아이리스(iris)'라는 단어에서 금빛 바탕에 보라색 붓꽃이 흐드러진 오가타 고린(尾形光琳)의 「연자화도병풍(燕子花圖屛風)」을, 그 작품에 영향을 받았다고 추정되는 반 고흐의 붓꽃 그림보다 먼저 떠올리는 사람이 되었다. 모네가 기모노

입은 아내 카미유를 그린 「일본 여인」을 보았을 때, 금발의
카미유를 넘어 우키요에 속 여인들을 그려볼 수 있는 사람
으로 거듭났다. 청춘을 상기시키는 미약한 한 자락 금빛으
로나마, 사위어가는 마흔 이후의 삶에 자그마한 위안을 줌
으로써 대학의 수업은 의무를 다하고 점점 더 빠른 속도로
휘발하듯 여위어간다.

수업 교재

구노 다케시 외, 진홍섭 옮김, 『일본미술사』(열화당)

아키야마 데루카즈, 이성미 옮김, 『일본회화사』(예경)

「찻잎 따기」(1704-1711년경 우키요에)　　　　　「대기하고 있는 하녀」(1449-1452년경 우키요에)

클로드 모네, 「일본 여인(기모노를 입은 아내 카미유)」(1875년)

16 Spiritual But not Religious

종교학 개론(3학년 2학기)

회사 연수차 뉴욕에서 1년간 머무르던 시절, 종종 종교에 대한 질문을 받았다. 거리를 걷다가 설문에 답해 달라는 사람들로부터, 학교에서 이루어지는 연구에 참여하기 위해 인적사항을 작성하면서, 혹은 인터넷 쇼핑몰에서 물건을 구매할 때의 취향 테스트에서. 한국이었다면 어릴 때 천주교 세례를 받았지만 지금은 성당에 거의 나가지 않으므로 뭐라고 대답해야 하나 고민했겠지만, 다양성의 나라 미국에는 역시나 나에게 걸맞은 선택지가 있었다. 나는 주저 없이 "Spiritual but not religious"를 택하곤 했다.

흔히들 "영적이지만 종교적이지는 않음"이라 번역하지만, 좀 더 정확하게 우리말로 옮기자면 '종교적이지만 특정 종교에는 얽매이지 않음'이 아닐까 생각한다. '종교적'이라는 것이 특정 종교를 믿고 어떤 신(神)을 절대적으로 숭

배한다는 의미, 즉 "종교란 무엇인가?"라는 물음에 대한 답이 아니라 "무엇이 종교인가?"라는 또 다른 차원의 문제에 대한 고민이라는 것을 나는 '종교학 개론' 수업에서 배웠다.

§

땀내와 사랑내 포근히 품긴
보내주신 학비 봉투를 받아

대학 노트를 끼고
늙은 교수의 강의 들으러 간다.

윤동주의 「쉽게 씌어진 시」 중 이 구절을 음미할 때면 항상 그 수업이 생각난다. 100명 넘게 들어갈 수 있는 대형 강의실이 학생들로 꽉 찼다. 백발에 이마엔 주름이 가득한 늙은 교수가 맑고 차분한 표정으로 선지자처럼 강단에 서 말문을 열면, 강의실엔 노트와 필기구가 맞부딪치며 빚어내는 사각거림 외에는 기침소리마저 잘 들리지 않았다.

명강의로 소문난 수업이었다. 종교를 학문의 관점에서 접근할 수 있다는 것이 낯설었고, 종교를 철학적으로 다루는 것이라니 토마스 아퀴나스부터 시작하는 것은 아닐까 싶어 지루할 거라는 선입견이 있었다. 자의로는 굳이 선택하지 않을 수업이었지만, "정말 좋은 강의인데 선생님이 정년퇴임을 앞두고 계시니 빨리 들어야 해, 다음엔 기회가 없다."라는 선배들의 재촉에 듣게 된 수업이었다.

대학 시절에 수강했던 많은 강의들이 선배들과 동기들의 그런 '추천'에 의해 엉겁결에 택하게 된 것이었는데, 배움을 갈망하는 이들이 한곳에 있으면서 서로의 배움을 공유하고 부추기는 분위기를 조성한다는 것이 대학이라는 공간의 중요한 기능 중 하나가 아닌가 싶다.

겨우 스무 살 남짓한 학생들에게 학점을 잘 주는 강의가 아니라 '정말 좋은 강의'를 듣고 싶다는 열망이 있었고, '좋은 강의'를 판별할 만한 식견이 있었다는 것도 지금 생각하면 대견하게 느껴진다. '쉽기만 한 길'과 '어렵지만 얻을 게 있는 길'이라는 다양한 선택지 앞에서 앎의 지평을 넓히는 데 도움이 되는 방향으로 판단과 결정을 내릴 수 있는 사람을 길러내는 것도 대학의 역할일 것이다.

§

강의 목표는 "'종교'라고 일컫는 하나의 문화 현상을 우리가 어떻게 이해할 것인가 하는 문제를 개괄하려는 것"이었다. "따라서 기본적으로 특정한 종교의 자리에서 자신의 종교를 설명하는 태도와 궤를 같이하지 않는다."라고도 계획서에 적혀 있었다. 우리는 종교에 대한 문화적 담론을 모색하고, 믿음의 현상에 대해 고민했으며, 종교의 구조와 역사를 익히고, 종교와 인성, 사회 및 현대의 문제들을 탐색했다. 수업을 들은 지 5주차에 종교와 관련해 스스로 선택한 자유로운 주제로 A4용지 두 장 분량의 에세이를 쓰며, 10주차엔 주어진 주제로 석 장 분량의 연구논문을 써 내고, 15주차엔 이미 제출한 연구논문의 평에 대한 응답을 내는 것이 과제였다.

쉽지 않은 주제를 다뤘지만 선생님의 강의는 쉽고 간명했다. 한 인간이 홀로 이야기하는 것이 그렇게 수많은 사람들을 빨아들여 몰두하게 할 수 있다는 것을, 그 수업을 통해 처음 알았다. 당시의 선생님은 제사장과도 같았다. 매번의 수업이 하나의 제의(祭儀)와도 같았다고 나는 기억한다. "제의 행위는 인간이 경험하는 시간의 동질성을 의도적으로 부정하는 몸짓"이라고 그는 가르쳤다. "시간의 영속성을 거절하는 것으로서, 결국 의도적으로 시간을 끊어서 되시작하는 것"이라고 덧붙이면서.

선생님은 "신앙의 경험이 독특한 것은 일상적 시간개념과 다른 시간개념을 경험하기 때문"이라고도 했다. 그 수업이야말로 내게는 일상적 시간과의 단절이었다. 강의실에 앉아 있는 시간만은 세속의 모든 일들, 취업이라든지 진로라든지 시험이라든지 인간관계의 고민이라든지 하는 것들이 나와는 상관 없는 것처럼 여겨졌다. 성(聖)과 속(俗)의 경계는 성전이 아니라 그 강의실의 문지방에 있었다.

제의적 시간인 '카이로스(kairos)'와 일상의 시간인 '크로노스(kronos)'에 대해 배운 것이 어렴풋이 기억난다. "카이로스는 '고비(crisis)'로서의 시간"이라고 나는 메모해 두었다. 그 고비를 넘기고 고통을 이겨내고 다시 시작하는 개념의 시간이라, 우리에게 익숙한 선(線)적 연대기인 '크로노스'와 다른 것이라고. 매시간 우리는 종교에 대한 물음을 던지고, 그에 대한 응답을 받았다. 신에게 던진 질문이기도 했지만, 자기 자신을 향한 질문이기도 했다. "진정한 물음은 존재론적인 정의"라고 오래된 대학 노트에 남아 있는 스물셋의 나는 말한다.

'종교란 무엇인가?'라는 본질에 대한 전통적인 물음을 '무엇이 종교인가?'라는 현상에 대한 물음으로 치환한 종교현상학에 대한 강의가 그 수업의 백미였다. 그렇게 물음을 바꾸는 것이 종교에 대한 독단론을 넘어설 수 있다고 배웠다. 본질을 실증할 수 있는 것은 자신의 경험뿐이라 결국 자신의 시각만을 절대화하게 되므로, 본질을 전제하고 사물을 인식하는 것은 피상적인 행위라는 설명이 곁들여졌다.

9·11테러가 있은 후였고, '도그마(dogma)'라 불리는 종교의 독단적인 본성, 자신들의 신만 절대적이라 주장하며 다른 종교를 배격하는 행위에 대한 고민과 자성(自省)

이 있던 시기였다. 그 수업 시간에 선생님은 라빈드라나트 타고르의 시집 『정원사(The Gardner)』 중 67편 「O My Bird(오, 나의 새여)」의 한 구절을 읽어주셨다.

There is no hope, no fear for you.

There is no word, no whisper, no cry.

There is no home, no bed for rest.

There is only your own pair of wings and the pathless sky.

Bird, O my bird, listen to me, do not close your wings.

네겐 희망도, 두려움도,

말도, 속삭임도, 외침도,

몸을 누일 집도, 침대도 없지.

네가 가진 건 오직 날개 한 쌍과 아무도 가보지 않은 하늘뿐.

새여, 오 나의 새여, 내 말을 들어봐, 너의 날개를 접지 마.

(번역은 내가 한 것이다.)

해가 저물고 친구들도 다 떠나 홀로 남은 새, 의지할 태양도 없고 쉼을 청할 둥지도 없는 외로운 새에게 믿을 것은 너의 날개와 미개척의 하늘뿐이니 날개를 접지 말라고 부탁하는 시를 통해, 선생님은 '믿음'에 대해 가르쳐주고 싶어 했다. '믿음'이란 희망, 두려움, 속삭임 같은 인식·감정·의지의 차원을 벗어나 존재론적 차원에서 자신의 실재(實在)를 승인하는 거라고……. 기댈 것이라고는 날개와 하늘이라는 삶의 리얼리티밖에 없는 새처럼.

§

수업시간에 제출한 리포트를 나는 아직 가지고 있다. 자유로운 주제로 쓰라고 했던 에세이의 제목을 나는 「종교와 '나'」로 정했다. 부제는 '나의 종교사'였다. 수녀인 이모, 독실한 천주교 신자인 외할머니와 종교가 없는 아버지, 천주교에서 불교로 개종했으나 자식들은 외할머니의 인도 아래 성당에 보냈던 어머니…….

나는 복잡한 종교적 환경에서 자랐다. 반짝이는 묵주알과 레이스 달린 흰색 미사보, 전례(典禮)의 성스럽고 엄숙한 분위기에 이끌려 세례를 받은 독실한 어린 신도였지만, 사춘기가 오면서 갖은 회의가 들었다.

매주 일요일마다 성당에 가야 하는 것도, 용돈을 헌금으로 내야 하는 것도, 미사를 빼먹었다는 이유로 죄인 취

해가 저물고 친구들도 다 떠나 홀로 남은 새,
의지할 태양도 없고 쉴 수 있는 둥지도 없는 외로운 새에게
믿을 것은 너의 날개와 미개척의 하늘뿐이니
날개를 접지 말라고 부탁하는 시를 통해,
선생님은 '믿음'에 대해 가르쳐주고 싶어 했다.

급 받으며 고해성사를 해야 한다는 사실도 구속처럼 여겨졌다. 무엇보다도 신의 존재를 믿을 수 없었다. 신부님이 강론 시간에 어느 배덕자가 예수가 그려진 성화(聖畵)를 칼로 그었더니 그림에서 피가 뚝뚝 떨어졌다는 일화를 들려주었던 날, 나는 집으로 돌아와 냉장고에 붙어 있던 성화 엽서를 과도로 그었다.

신실했던 동생이 울면서 말렸지만 나의 옳음을 증명하기 위해 보란 듯이 계속했다. "봐, 피 같은 건 나지 않잖아. 다 거짓말이야!" 신 따위는 없고 예수가 신의 아들이라는 것도 다 거짓말이라고 주장하는 나를 어머니는 "넌 할아버지 할머니 사진에 이런 일 할 수 있어? 똑같은 거야."라며 호되게 야단쳤지만, 나는 그날로 성당에 발길을 끊었다.

당시의 내겐 실증이 종교보다 앞섰다. 실증할 수 없는 것은 존재하지 않는다고 확고하게 믿었다. 중학교 때 한말숙 소설 『신과의 약속』을 읽고 "신이란 존재하지 않으며, 다만 인간이 기댈 곳이 필요해 만들어 놓은 허상"이라고, "그래서 결국 인간이 자신을 믿을 수 있게 되면 신의 존재는 한 줌 먼지만큼도 되지 않는다."라는 내용의 독후감을 제출한 적이 있다.

그 글을 읽은 학교 선생님 중 한 분이 나를 호출했다. 내가 다니던 성당의 주일학교 선생님이기도 했는데, 오래 타일렀으나 내가 듣지 않자 "다음에 더 이야기하자."며 돌려보냈다. 얼마 지나지 않아 나는 그 글로 도교육감상을 받았다. 조회 시간에 단 위에 올라가 상장을 받으며 어린 마음에 '내가 이겼다.'며 회심의 미소를 지었다.

막 대입 재수를 시작했던 스무 살에 어디라도 기대고 싶은 절박한 마음이 들어 다시 성당에 나갔다. 고해성사를 하면서 8년간 냉담했으며 신의 존재를 긍정할 수 없었다고 털어놓았더니, 신부님은 내게 "스스로 존재한다고 생각해요?"라고 물었다. "네."라고 치기와 반발심에 또렷이 대답했다. 그렇지만 살면서 절망과 두려움이 닥치는 순간에는 언제나 신을 찾았다. 다만 그 신의 이름이 무엇인지는 상관없었다.

리포트에 그런 이야기들을 적었다. 종교에 대한 나의 회의와, 종교에 대한 나의 고뇌……. "만 21년 9개월이라는 내 짧은 생애는 시스템으로서의 종교에 대한 끊임없는 부정의 연속이었다."라고 적은 그 리포트를 나는 이런 문장으로 마무리했다. "이제, 나는 안다. 신은 존재한다. 존재를 믿는 나는 '종교적 인간(homo religious)'이다."

서툴지만 '나'에 대한 그러한 숙고가 인문학 공부의 시작이었다고 생각한다. 집단주의의 세례를 받은 1980~1990년대에 초·중·고 시절을 보내면서 개별적 존재로서의 '나'에 대해 생각할 기회가 없었던 젊은 영혼이 처음으로 종교라는 시스템 안에서의 '나'를 학문적으로 성찰하며, 여

윌리엄 블레이크, 「유럽: 예언」(1795년)

"카이로스는 '고비(crisis)'로서의 시간"이라고 나는 메모해 두었다.

그 고비를 넘기고 고통을 이겨내고 다시 시작하는 개념의 시간이라,

우리에게 익숙한 선(線)적 연대기인 '크로노스'와 다른 것이라고.

러 혼란 속에서 한 개인으로서 자신을 각성하게 된 계기였다.

리포트를 읽고 돌려주면서 선생님은 끄트머리에 빨간 펜으로 이렇게 적어 주었다. "고맙다. 어떤 마음이 전해질 수 있다는 것…… 두 번 읽었다. 다시 고맙다. 때로, 사람은 정말이지 외롭지 않다……." 신에 대한 나의 불경(不敬)이, 인정하고 싶지 않았지만 그로 인해 마음속에 뿌리박힌 오랜 죄책감이 비로소 용서받은 것 같은 기분이었다.

§

학기가 끝나고 나는 도서관으로 갔다. 종교학에 대해 더 알고 싶었다. 선생님에게 영향을 주었다는 루마니아 출신 종교학자 미르체아 엘리아데로 나의 관심이 옮겨갔다. 그 겨울, 선생님이 번역한 미르체아 엘리아데의 『우주와 역사』를 우선 읽었고, 이어 엘리아데의 『성과 속』, 『종교 형태론』 같은 책도 읽었다. (엘리아데는 시카고대학교 교수로 있었는데, 사회 초년생 때 출장을 갔다가 시카고대 캠퍼스를 방문했을 때 위대한 학자가 밟았던 교정을 내가 거닐고 있다는 사실에 흥분하기도 했다.)

그런 경험이 종교에 대한 인식을 넓혀주었다. 그간 '무교(無敎)'라 주장했던 나 자신이 실은 종교적 인간이라는 사실을 인정하게 되었으며, 독실한 이들이 나를 냉담자라 부르든 말든 성당에 나가지 않아도 홀로 종교적일 수 있다는 사실에 자신감을 갖게 되었다. 나는 여전히 힘들 때만 성당에 나가며 미사보다는 성물(聖物) 쇼핑에 몰두하지만, 신의 존재를 긍정하며 인간이 거대한 존재에 기대는 일을 나약하다 여기지 않는다. 나야 그렇게 하지 못하지만, 꼬박꼬박 성전에 나가고 의례에 참여하며, 헌금하는 이들의 신실함을 높이 산다.

어른이 되어 어머니에게 물어본 적이 있다. 당신은 더 이상 천주교 신자가 아니면서 왜 자식들을 성당에 보내고 세례를 받게 했냐고. 대답은 명확했다. "너희들에게 선악(善惡)에 대해 가르치는 게 중요하다고 생각했어." 어머니는 교회의 기준에선 냉담자였지만, 자식들의 교육에 있어서는 '종교적인 사람'이었던 것이다. 한때는 속박과 강요라 여겼고, "종교의 자유를 달라!"고도 자주 부르짖었지만, 지금은 어머니의 결정에 감사한다. 신에게 저항하고 회의할 수 있는 기회라는 것도 아무에게나 주어지는 건 아니니까.

한편으로 나이를 먹을수록 더욱 궁금해진다. 20대의 대학생이 고해성사하듯 털어놓은 이야기에 감사를 표하는 60대 노교수의 마음이란 얼마나 보드라운 것일까? 그 강의의 가장 큰 가르침은 편견에 갇히지 않고 남의 말에 귀기울일 수 있는 유연함, 경계 없이 열린 마음이었던 것 같다. 책 속에 틀어박혀 머리만 키운, 재승박덕(才勝薄德)한 사람이 되지는 않겠다고, 학식과 함께 따스하고 도타운 마음도 본받고 싶다고 생각했다.

수업 교재

미르체아 엘리아데, 정진홍 옮김, 『우주와 역사』(현대사상사)

공부의 진정한 쓸모에 대하여

17 그릇에 담긴 은밀한 이야기

동양 및 한국 도자사(4학년 1학기)

그릇 이야기를 한번 해볼까. 우리 집 찬장에는 친구의 표현을 빌리자면 "한정식집을 차리고도 남을 만큼"의 그릇이 들어 있다. 자주 쓰는 그릇도 있고, 드물게 쓰는 그릇도 있으며, 아예 쓰지 않은 그릇도 있다. 값비싼 그릇도 있고, 중저가도 있으며, 행사 기념품으로 공짜로 받은 것도 있다.

국그릇과 밥그릇은 물론이고 찬기, 면기, 접시, 찜기, 양념통, 샐러드볼, 시리얼볼, 머그, 유리컵, 찻잔, 에스프레소잔, 차(茶)통, 티팟, 우려낸 티백을 올려놓는 티백 타이디(tidy), 수저받침, 케이크트레이까지 종류도 다양하다. 여기서 '그릇'이라 함은 떨어뜨렸을 때 깨지는 식기(食器)를 일컫는다. 냄비류와 목기(木器), 커트러리는 제외한다.

요리하는 것도 좋아하지 않고 음식에 큰돈 쓰는 걸 아까워하지만, 그릇 욕심은 있다. 역시나 그릇을 좋아하는 한 친구는 이를 '그릇된 그릇질'이라 명명하였는데, 좋아하는 것에 돈을 쓰는 일이 과연 그릇되었는지는 한번 생각해 볼 문제. 여하튼 나의 '그릇된 그릇질'이 계속되고 있는 이유는 그릇을 단지 식기로만 바라보지 않기 때문이다.

나는 그릇을 도자기라 생각하고 모은다. 쓰지도 않는 그릇을 왜 계속 사들이는 거냐고 잔소리하는 사람들도 있지만, 모르는 소리! 그릇의 용도는 사용하는 것에만 있지 않다. 완상(玩賞)하고 쓰다듬으며 기형(器形)과 문양의 아름다움을 즐기는 것만으로도, 그릇은 그 의무를 족히 다한다.

왜 이렇게 그릇에 빠지게 된 걸까? 그릇 마니아이면서 요리도 잘하는 과 후배의 말에서 힌트를 찾았다. "언니, 제가 학부 때 동양미술사 관련 과목은 다 성적이 나빴는데, 도자사 과목만은 A⁺였거든요. 아무래도 그릇을 좋아해서 그런 것 같아요." 음, 나도 그, 그래서일까? 그릇을 좋아해서 도자사 과목을 들었다는 후배와는 반대로 나는 도자사 과목을 들은 영향으로 그릇을 좋아하게 되었는지도 모른다.

§

'동양 및 한국 도자사' 수업은 격년에 한 번 개설되었다. 나는 4학년 1학기 때 그 수업을 들었는데, 이번에도 친구들이 우우 몰려가 듣는 데 부화뇌동하여 수강신청을 하고 말았다. 도자사에 관심이 많은 친구들이 꽤 많았는데,

그들 역시 그릇을 좋아해서 그랬는지는 모르겠다. 분명한 것은 스무 살 즈음의 나는 그릇에 관심이 없었다는 사실이다. 이른바 '도메스틱(domestic)'하다 여겨지는 모든 것을 배격하던 시절이었다. 교육받은 현대 여성이 그런 걸 좋아한다는 것을 가부장적 세계관에 굴복하는 것처럼 생각되었다.

엄마 세대의 여자들과는 다른 길을 가고 싶었다. 그런 삶이 꼭 이른바 '여성적인' 것들과 거리를 두는 것을 의미하지는 않을 텐데, 당시의 나는 지적인 여자는 그래야 한다 믿었다. 페미니즘에 대해 따로 학습한 적도 없는데 왜 그런 생각들로 스스로를 속박했는지 잘 모르겠다. 아마도 청소년기에 읽었던 여러 책들에 그러한 일과는 거리를 두고 독서와 공부에만 몰두하는 여자 주인공들이 많아서, 그들에게 '바람직한 여성상'에 대한 영향을 받았기 때문이리라.

"도자기에 얼마나 많은 이야기가 얽혀 있겠어!"라고 꿈꾸는 듯한 표정으로 말하며 도자사를 전공하고 싶다고 말하는 친구들이 있었는데, 이해하지 못했다. 자취생의 식탁에는 늘 상경할 때 엄마가 사다 준 코렐 그릇과 반찬 담긴 파이렉스, 혹은 '타파통'만 올랐고, 매일 쓰는 주홍색 물컵은 시장 마트에서 산 3,000원짜리…… 일상에서 쓰는 그릇이 단조로우니, 그릇에 대한 나의 상상에도 한계가 있었다.

도자사 수업 첫 시간에 선생님은 "중국을 모델로 한 우리 미술의 정체성을 시각적으로 확인하는 것이 수업의 목표"라고 했다. "토기를 만든 민족은 많지만 '자기(磁器)'를 만들었던 민족은 그다지 많지 않은데, 시유(施釉) 후 섭씨 1,200~1,300도 정도의 고온에서 본벌 구이를 하는 자기를 만들기 위해서는 특별한 기술이 필요하기 때문"이라고도 설명했다.

"청자는 우리나라와 중국에서만 발달한 특이한 자기이고 유럽에서는 18세기 중국의 영향으로 겨우 자기가 등장한다"는 설명에 이어 "도자기는 흙과 불의 화학 작용을 통해 만들어지므로, 도자기를 이해할 때는 기술과 미(美)라는 두 가지 측면을 모두 염두에 두어야 한다."는 설명도 이어졌는데, '기술'이라는 단어가 나오는 순간 '아, 어렵겠다.'는 생각이 엄습했다. 내가 궁금했던 것은 마이센 같은 어여쁜 찻잔이 어느 나라, 어느 시대에 만들어졌으며, 어떤 왕과 귀족들이 아끼고 사용했느냐 같은 것이었는데, 수업은 서양이 아닌 동양 도자에 관한 것이고 유물로서의 도자기에 대한 것이었으니 내 생각과는 꽤 거리가 있었다.

몇몇 내용이 기억에 남아 있다. 도자기의 밑바닥에 많은 정보가 담겨 있으므로, 진품과 가짜를 구별할 때엔 그릇을 뒤집어 보는 것이 중요하다는 이야기, 도자기를 구울 때 그릇과 가마가 들러붙지 않도록 가마 바닥과 도자기 사이에 내화토(耐火土) 혹은 내화석(耐火石)이라 불리는 모래

나 돌을 끼워넣는데, 이것이 시대에 따라 다르므로 연대 판단의 중요한 근거가 된다는 이야기 등. 이런 내용들이 잊히지 않아 나는 지금도 그릇을 고를 때 뒤집어서 밑바닥부터 살펴보는데, 그렇다고 해서 그릇의 진위(眞僞)를 판단할 만한 감식안이 있는 건 물론 아니다.

중국의 각 시대와 지역에 따른 요(窯), 그러니까 가마터이자 도자기 생산지의 특성에 대해 배우는 것이 수업의 많은 부분을 차지했다. 당시의 필기를 참고해 요약하자면, 청자의 탄생이 백자보다 앞선다. 청자는 후한 말 무렵인 2세기 후반 절강성 일대에서 발생했다. 영파(寧波)항 일대의 월주요(越州窯), 용천요(龍泉窯) 등이 10세기 무렵까지 우수한 청자를 생산했다.

백자는 6세기 후반에 처음 등장한다. 서기 575년인 북제 무평(武平) 6년의 장군 범수(范粹)의 묘에서 출토된 백자가 최초의 백자로 여겨진다. 진흙을 태토(胎土)로 사용하는 청자와 달리, 백자는 고령토를 태토로 사용하므로 가소성이 약해 여러 형태로 빚기 힘들다. 그래서 기형이 단순하다. 선생님은 "한망(漢亡)~수통(隨統) 시기의 청자와 백자, 흑유가 모두 나옴으로써 세계 도자사의 기술적 문제는 이미 모두 끝났다."고 가르쳤다.

각 시대에 어떤 요에서 어떤 빛깔의 자기가 생산되었는지에 대한 설명이 이후 이어졌다. 당대(唐代)에는 755년 안

4학년

녹산의 난 이후 새로운 귀족 계급이 탄생하면서 자기에 대한 요구가 많아졌다. 그래서 자기 산업이 팽창하는데, 절강성 일대 월주요에서는 왕실에서만 사용했던 비색(秘色) 자기가 등장하고, 하북성 형요(邢窯)에서는 눈처럼 흰 백자가 생산되었으나 오래가지 못하고 당의 쇠망과 함께 끝났다고 했다.

송(宋)에 이르러 중국 도자의 황금기가 펼쳐졌다. 하북성 곡양을 중심으로 하는 정요(定窯) 백자가 최고로 여겨져 궁중에서 사용되었는데, 백토의 질이 굉장히 좋고 기벽이 얇으며 질감이 상아와 같이 부드럽고 황색 기운을 띠었다고도 했다. 유약이 흐르다 살짝 뭉치는 누흔(淚痕)이 보이는 것이 정요 백자의 특색.

이 시대에 번조법(燔造法)이 획기적인 변화를 보이면서, 벽이 얇은 그릇을 굽던 중 주저앉지 않도록 엎어서 굽는 복소법(覆燒法)이 도입되었다. 엎어서 구울 때 그릇 윗부분이 가마와 달라붙지 않도록 하기 위해 망구(芒口)라 하여 입구 부분에 유약을 바르지 않고 거친 흙으로 남겨두었는데, 그리하여 그릇의 구연(口緣)에 금이나 은 테두리를 두르게 되었다. "청자는 옥(玉)과 같이, 백자는 종이와 같이" 만든다는 것이 이 시대의 모토였다. 북송대의 청자로는 하남성 여요(汝窯)가 유명한데, 그린(green)이 아니라 블루(blue) 빛깔을 띤 여요 청자가 전 세계적으로 가장 비싼 청자로 여겨진다고 했다.

도요지에 대한 이야기를 하자면, 강서성 경덕진(景德
鎭)을 빼놓을 수 없다. 태토가 풍부하고 수운(水運)이 편리
해 15~16세기 이후에 중국 도자기 대부분을 생산했던 이
곳은, 북송대엔 푸른빛이 그림자처럼 어른거린다 해서 영청
(影靑)이라고도 불리는 하늘색 도는 청백자(靑白磁)를 만들
었다.

그리하여 송대 백자는 크게 상아색과 부드러운 질감이
특색인 북쪽의 정요와 차갑고 이지적인 청백색이 특색인
남쪽의 경덕진이라는 두 흐름으로 나누어진다. 이 경덕진
은 원대(元代)로까지 이어져 융성한다. 수출 목적의 자기가
많이 생산되었던 원대에 경덕진에서는 이전의 청백색이 아
니라 그릇 내면에 추밀원 명각(銘刻)이 있다 해 추부백자(樞
府白磁)라 불리는 깨끗한 백색 자기를 생산하였는데, 이 흰
바탕이 이후 청화백자 등에서 보이는 문양이 발전할 토대
가 된다. 경덕진을 배경으로 14세기, 본격적인 '백자의 시
대'가 펼쳐진다.

§

제 손으로 그릇 한번 골라본 적 없으면서, 대학 4학년
의 나는 이러한 내용들을 외우고 또 외웠다. "내가 ~한 사
람이 된 것은 ~ 수업 덕분이다."라고 되풀이해 말하는 것

은 도삭적이고 지루하면서도 일견 촌스럽지만, 내가 그릇을 좋아하는 사람이 된 것은 도자사 시험 공부를 하느라 세뇌될 정도까지 그릇에 대해 암기를 반복했기 때문인지도 모른다.

주입식 교육의 힘이란 놀랍게도 끈질긴 것이다. 우리집 찬장 깊숙한 곳에는 한 번도 사용한 적 없는 '이도'의 얇고 푸른 그릇이 몇 개 쌓여 있는데, 그 그릇들을 처음 보았을 때 도자사 수업을 들은지 10년이 훌쩍 넘었는데도, 자동적으로 '여요'라는 단어가 떠올랐다. '청자로 유명한 북송의 여요 자기도 이렇게 생겼을까?' 생각했기 때문이다. 실생활에서 즐겨 쓰는 그릇은 토전(土田) 김익영 선생이 창업한 '우일요' 백자다. 흰 바탕에 가지런한 주름이 있는 누비 라인 접시와 밥공기, 나비와 국화가 그려진 밥그릇과 국그릇, 포도가 그려진 과반과 오리 머리가 달린 귀여운 종지 등을 나는 아낀다.

단아하면서도 튼튼해 쓰임새가 좋은 이 백자들은 몇 년 전 우일요가 폐업해 더 이상 구하기 힘드므로 중고 시장에 나오는 즉시 팔릴 만큼 인기가 높다. 우일요 백자를 좋아하면서도 나는 '고대(古代) 반상기'라 불리는, 중국 청동기 시대 제기(祭器)를 연상시키는 그릇만은 집에 들이지 않는다. 도자사 수업을 들었기 때문에 그런 형태의 그릇은 망자(亡者)를 위한 것이라는 인식이 강하게 박혀 있기 때문이다.

이 그릇들은 대개 묵직하여 잘 깨지지 않지만, 그래도 설거지할 땐 싱크대와 부딪혀 이가 나가지 않도록 주의해야 한다. 깨끗한 백자를 조심스레 씻어 물기를 훔쳐내면서 나는 종종 '경덕진'이라는 단어를 떠올린다. 한번도 가본 적 없는 그 지명이 아스라하게 그립기까지 한 건, '백자=경덕진'이라고 외우고 또 외웠기 때문이겠지.

§

얼마 전 저녁식사 자리에서 잔에 대한 이야기가 나왔다. 잔의 형태가 술의 맛에 미치는 영향에 대한 이야기를 나눴는데, 어떤 분이 "와인잔의 구연부는 얇디얇아서 입에 대는 순간 마치 존재하지 않았던 것처럼 사라지는 편이 좋다."는 이야기를 했다. 아마도 술은 휘발하는 성질이 있기 때문에, 잔 역시 그 속성과 맞아떨어지는 것이 좋지 않을까?

식탁 위에 묵직한 리델 와인 글라스가 놓여 있었다. 손잡이를 쓰다듬어 그 요철을 손가락과 손바닥으로 고루 느끼면서, 나는 찻잔 이야기를 했다. 차는 온기를 머금어야 하므로 찻잔의 구연부는 적당히 도톰한 편이 좋은 것 같다고. "입에 닿는 건 좋은 걸 써야 한다."면서 구연부에 푸른 문양이 박힌 로얄코펜하겐의 프린세스블루 라인 머그를 내게 선물해 주신 분이 있었다. 그 머그가 내 인생 최초의 '코

장 에티엔 리오타르, 「정물, 찻잔 세트」(1782년경)

"혼자 먹더라도 예쁜 그릇을 꺼내 제대로 차려 먹는 것이
최소한의 디그니티(dignity)를 지켜준다는 그 이야기에,
아마도 혼자 살아본 사람이라면 누구나 공감할 것이다."

페니'였는데, 그걸 주신 분은 이제 더 이상 이 세상 사람이 아니다. 그렇지만 입 대는 부분이 도톰하고 감각적인 그 잔을 사용할 때마다 그분에 대한 기억이 입술 끝 촉각으로 살아난다.

그 잔을 선물 받았을 때만 해도, 그릇 사치는 돈 아까운 일이라 생각했다. 이제는 식기는 최대한 좋은 걸 쓰려고 한다. 그건 스스로를 대접하는 마음 같은 것. 최근에 읽은 여행작가 김남희 에세이 『호의는 거절하지 않습니다』에도 비슷한 이야기가 나온다. 혼자 먹더라도 예쁜 그릇을 꺼내 제대로 차려 먹는 것이 최소한의 디그니티(dignity)를 지켜준다는 그 이야기에, 아마도 혼자 살아본 사람이라면 누구나 공감할 것이다.

나는 아침마다 기벽이 두텁고 입구가 넓어 듬직한 유리컵에 우유를 따라 마신다. 빨간 모자를 쓰고 빨간 목도리를 두른 작은 눈사람이 점점이 그려진 이 컵은 친구가 미국에서 사다 준 것이다. 표면에 'News'의 사전적 정의가 적혀 있는 분홍색 머그를 물잔으로 사용하는데, 나의 직업적 정체성을 대변한다 생각하며 애틀랜타의 CNN 본사 기념품샵에서 사 왔다.

차를 마실 때 특히 자주 사용하는 건 하늘색 바탕에 푸른 초롱꽃과 민들레 솜털이 그려져 있고 종(鍾)을 뒤집어 놓은 듯한 형태가 우아한 로열앨버트 100주년 머그다.

4학년

10여 년 전에 영국 출장을 다녀오는 길에 런던 히드로공항의 해로즈에서 사 온 것인데, 이때 처음으로 '나도 이제 사회생활을 어느 정도 했으니 좋은 그릇 한번 사보자.'는 생각을 했었다.

이 모든 컵에는 나만의 이야기가 있다. 어떤 그릇에든 사용한 사람들의 사연이 담겨 있고, 깨지지 않는 한 그 이야기는 천년 만년 이어진다. 로얄코펜하겐과 로모노소프, 웨지우드와 빌레로이 앤드 보흐, 포트메리온 그릇이 찬장 가득 쌓여 있지만, 나는 개수대에 항상 놓고 쓰는 20년 넘은 나의 코렐을 버릴 생각이 없다. 오랜 세월을 함께하면서 흰 바탕에 푸른색으로 잔잔한 열매가 그려진 그 그릇과 나만의 역사가 형성되었기 때문이다. 누구도 알지 못하는 은밀한 이야기.

화려하고 섬세한 그릇과 마찬가지로 잘 깨지지 않는 만만한 그릇 역시 참으로 귀한 존재. 사람 사귐도 그렇지 않나, 나는 생각해 본다. 다루기 조심스럽고 까다로워서 쉽게 다가서기 힘든 사람들의 묘한 매력에 이끌려 항상 곁에 있는 튼튼하고 듬직한 사람들의 중요함을 종종 잊어버리지만, 결국 오래 남아 곁을 지켜주는 건 그런 사람들이 아닌가, 하고.

오래전 수업을 들으며 생각했다. 따스한 상아색 정요 백자와 서늘하게 푸른 그림자를 드리우는 송대 경덕진 백자 중 나는 어디에 가까운 사람인가? 그 시절엔 경덕진 백자처럼 도도하고 차가운 미인이고 싶었다. 세상이라는 곳에 꽤나 적의를 품고 철벽을 치고 있었기 때문에, 아무도 내게 범접할 수 없었으면 했다.

청춘이란 그렇게 서슬 푸른 것이다. 지금은 부드럽고 푸근한 정요 백자 같은 사람이 더 나을 수도 있겠다 생각한다. 모난 성미에 정 맞아 보기도 하고, 싸늘한 성정 때문에 미움받기도 해보아서 이제는 그만 동글고 눅진하게 살고 싶은, 40대란 뭐, 그런 시기인 것이다.

청자를 비롯한 도자기 유물을 비누로 빚어 '번역'한 신미경 작가의

「트랜슬레이션 시리즈(Translation Series)」(2006~2011, Soap. Pigment,

varnish. Fragrance.Wooden crate.)

사진 ⓒ Peter Mallet

18 상처 입은 치유자

내 감정은 자주 튜닝이 필요하다. 조율이 덜 된 현악기 같다. 때때로 곤두박질친다. 아래로, 아래로, 더 아래로. 끝이 어딘지도 모르는 구덩이 속으로 추락하는 '이상한 나라의 앨리스'처럼 쿵 하고 심장이 내려앉으면서 마음이 나락으로 떨어질 때가 있다. 위로 솟구칠 때도 물론 있다. 그 솟구침은 분명 흥분이지만, 즐거움과는 거리가 멀다. 불안에 의한 각성으로, 지나치게 긴장돼 안절부절못한다. 잠을 이루지 못한다. 잠들더라도 쉽게 깬다. 음정이 편안한 악기처럼, 언제나 일정한 감정의 파고(波高)를 유지하고 있는 사람들이 종종 부럽다.

어릴 때부터 그런 징후가 있었기에, 나는 후천적이라기보다는 기질적으로 그런 사람일 거라 짐작한다. 그 때문에 기질적으로 평안한 사람들보다 모든 일에 몇 배의 에너지를 더 쓰고 자주 탈진하여 힘이 들지만, 그런 나를 싫어한 적은 없다. 나는 이런 사람이라 어쩔 수 없다고 생각하고, 감정의 스펙트럼이 넓기 때문에 남들이 보지 못하는 것을 볼 수 있으며, 그리하여 글을 쓰는 사람이 될 수 있었다고 믿는다. 자주 불협화음을 일으키는 신경은 약과 상담으로 다스린다.

경중(輕重)엔 차이가 있겠지만 마음의 병은 누구나 겪는다. 어떤 사람들은 남들보다 좀 더 미리 겪고, 또 다른 사람들은 좀 더 늦게 겪을 뿐이다. 지금이야 신경정신과 치료가 일반적인 것이 되었지만, 많은 이들이 쉬쉬하며 정신과를 드나들던 20년 전부터 나는 거리낌 없이 병원을 찾았다. 과정은 힘들었지만 그 덕에 나 자신의 문제를 빨리 발견하고, 스스로를 위험한 지경에서 구해낼 수 있었다. 우울증은 마음이 아니라 뇌의 문제이며, 의지로 해결할 수 없고 의사와 약의 도움을 받아야 한다는 것을 나는 일찍 배웠다. '심리학 개론' 수업을 통해서다.

§

S는 캠퍼스 저편에서 휘적휘적 걸어와 "C 교수의 '심리학 개론'을 꼭 들으라."고 했다. 중학교 동창인 그는 나와는 극과 극에 있는 것 같은 부류였다. 나는 인문대생이고, S는 공대생이었다. 나는 복잡하고 비관적이며 예민했는데, S는

명쾌하고 낙관적이며 쾌활했다. 나는 문학을 사랑했고 수학에는 젬병이었는데 S는 뛰어난 수학적 두뇌를 지녔고 고등학교 때까지 '소설은 거짓말인데 그걸 왜 읽냐?'고 생각했다고 한다. 그래서 우리는 친했지만, 같은 대학을 다니면서도 한 번도 같은 수업을 들은 적이 없었다. 게다가 교양수업이란 과학사 같은 몇몇 과목을 제외하고는 대부분 인문대나 사회대 과목이라, 우리의 공통 관심사가 겹칠 일이 없다 생각했다. 그런데 S가 내게 교양 수업을 추천하다니!

당시 우리 학교의 심리학 교양 과목 중에서는 '인간관계의 심리학'이 단연 인기였다. 다양한 인간관계에 대해 배우겠다는 명목으로 다들 수업을 들었지만, 여러 명이 조를 짜서 함께 프로젝트를 하는 과목이라 학과라는 좁은 틀을 벗어나 새로운 사람을 만나서 연애를 할 수 있을지도 모른다는 꿍꿍이가 있었다.

나 역시 2학년 1학기 때 그 수업을 들었는데 물론 좋은 사람들이야 많이 만났지만 사귈 만한 인연은 아니었고, 염불보다는 잿밥에 관심이 더 많아서였는지 수업이 그다지 기억에 남지 않았다. 더 이상 심리학 관련 과목을 들을 생각은 없었는데, 심지어 '개론'이라니⋯⋯. 들어야만 할까? 4학년 1학기에? 개론 수업은 1, 2학년이나 듣는 거 아닌가? 복잡하게 생각하고 있는데 S가 말했다. "내가 족보 다 줄게! 그거 가지고 시험 보면 된다." 아, 그럼 들어야지! 그리하여 나는 C 교수의 '심리학 개론' 수업을 듣게 되었다.

§

선생님은 첫 수업에서 "심리학 개론은 왜 어려운 과목
인가? 그럼에도 한번쯤은 꼭 들어야 할 이유는 무엇인가?"
에 대해 중점적으로 설명했다. 그의 말에 따르면 "심리학
개론 수업이 인간의 행동에 대한 과학적 설명을 들을 수
있는 유일한 기회"라는 것이었다.

"여러분은 살면서 인간에 대한 비과학적인 설명은 수
없이 들어왔고, 앞으로도 들을 기회가 많을 거예요.
저는 이 강의가 여러분의 생애에 지속적인 영향을 주
고, 인간의 행동에 대한 새로운 사고를 할 수 있도록
해주어야 한다고 생각합니다."

"심리학은 왜 과학이어야 하는가? 다시 말해서 왜 점술
은 심리학이 될 수 없는가?"에 대해서도 한참을 이야기했다.

"과학은 진보하며, 인간에 대한 과학도 수없이 발전해
왔기 때문에 현대의 심리학은 과거의 심리학보다 당
연히 우월한데, 점술이나 비과학적 심리학에서는 이
런 발전이 결여돼 있기 때문이죠."

이 말이 내게 새로운 인식의 지평을 열어주었다. 그 전까지는 인간의 마음에 관한 일을 과학과 연관 지어 생각해 본 적이 없었다. 과학이라고 하면 플라스크와 비커만 떠올리던 고등학생 수준의 사고에서 벗어나, 조금 더 확장된 시야로 과학의 속성을 다시 보게 된 계기였다.

§

재미있기야 '왜 남자들은 보통 젊고 예쁜 여자를, 여자는 경제적으로 능력 있는 남자를 선호하는가?' 등을 주제로 한 진화심리학 강의가 가장 재미있었지만, 내적 성장에 도움이 된 것은 자기(the self)와 성격(personality), 특질(trait), 정신병리에 대한 수업이었다. 근대적인 서양 학문은 '나'라는 개념을 중시하기 때문에 몇몇 인문대 수업에서 '미술과 나', '종교와 나'처럼 '나'의 경험과 그 과목의 주제와의 관계에 대해 고민해 보긴 했지만, 오직 '나 자신'에만 주목해 탐구해 본 건 그 수업이 처음이자 마지막이었다. 수업을 듣는 내내 '나는 누구인가', '나는 어떤 사람인가'에 대해 집중적으로 고찰하고 성격적 특성에 대해 분석했으며, 그런 특성으로 인한 여러 에피소드에 대해 생각했다.

내향성(Introversion)과 외향성(Extroversion)에 대해 처음 배운 것도 그 수업에서였다. 요즘에야 MBTI의 유행으로 '내향인' 혹은 '외향인'이라는 말이 일상적으로 쓰이지만, 그때의 내게는 '내성적(內省的)'이 아니라 '내향적(內向的)'이라는 단어가 신선했다. '안으로 향한다'는 개념은 명확하고 학문적이고 객관적인 것처럼 느껴졌다. 나는 내가 명백히 내향인이라는 사실을 알았다.

"내향적인 사람이 외향적인 사람에 비해 뇌의 각성 수준이 더 강하다."는 설명을 그 수업시간에 들었을 때, 나를 괴롭혀 왔던 문제에 대한 실마리를 찾은 기분이었다. 항상 깨어 있어 잠들기 힘든 나의 뇌. 미래에 대한 지나친 걱정, 돌발상황을 견디지 못하는 성격, 누군가 심장을 움켜쥐고 짓찧는 듯 일상적인 불안감, 오랫동안 들어왔던 예민하다는 평판……. '예민한'이라는 형용사가 '무딘한'이라는 형용사와 대척점에 자리하며 바람직하지 않은 것으로 여겨지는 것은 그때나 지금이나 마찬가지였는데, 그 수업을 들으면서 그것이 나의 잘못이 아니라 기질상의 문제라는 걸 깨달았고, 더불어 용서받은 것 같은 기분이었다.

어떤 경우에도 안심하기 위해 항상 최악을 상정하는 '방어적 비관주의(defensive pessimism)', 우울한 사람의 자기 지각이 그렇지 않은 사람에 비해 현실적이라는 '우울한 현실주의(depressive realism)', '자기 인식(self awareness)'이 강하면 행복지수가 떨어진다는 이론 등에 대한 설명을 들으면서, 나는 심리학이라는 세계엔 그간 나를 힘들게 했던 여러 성격적 특질을 설명하는 보편의 언어가 있다는 것을 알았고, 안도했다.

　기말고사 문제 중 이런 질문이 있었다. '특정 성격 유형의 사람들은 관상동맥 심장병에 걸리기 쉽다. 이런 사람들은 경쟁적이고 적대적이며 조바심이 많다고 한다. 이런 성격 유형을 무엇이라고 하는가?' 나는 그 답을 지금도 또렷하게 기억한다. '타입A 퍼슨(type A Person)'. 그건 바로 나였으니까.

§

　나의 우울증은, 사회인이 되었던 20대 중반 이후로 명료하게 불거지기 시작했다. 여러 병원을 전전했고, 많은 의사를 만났으며 각종 상담을 받았고, 다양한 약을 처방받았다. 의사가 바뀔 때마다 나에 대해 처음부터 설명해야만 했는데, "저는 '타입A 퍼슨'이라서요."라고 말을 꺼내면 대부분의 의사들은 무엇인지 알겠다는 듯한 표정으로 고개를 끄덕였다. 그 단어, '타입A 퍼슨'은 간명했으나, '저는 예민한 사람이라서요.' 혹은 '저는 항상 신경이 곤두서 있어서요.' 같은 서술보다 훨씬 구체적이었고, 과학적이었으며 설득력 있었다. 그 단어를 배우게 된 것만으로도 심리학 개론 수업을 들은 보람이 있다고 생각한다.

　'우울증은 마음의 감기'라고 그 수업시간에 배웠다. 특별히 애도할 만한 사건이 없는데도 우울한 기분, 슬픔, 만

성적 피로, 의욕상실, 자살에 대한 생각, 죄책감, 무능감 등의 심각한 우울 감정이 5개월 정도 지속되면 우울증을 의심해 보라고도 배웠다. 배운 걸 잘 활용하는 모범생 기질이 서슴지 않고 병원을 찾는 데 도움이 됐다. 어른들은 "의지로 극복할 수 있는 일을 쓸데없이 병원에 가서 약을 먹는다."며 혀를 찼지만, 나는 단호히 말했다. "아니오. 이건 의지의 문제가 아니라 뇌의 문제예요. 제게 지금 필요한 건 약과 의사예요."

20년가량 여러 병원과 여러 의사들을 거치고 여러 약물의 부작용을 경험한 후, 나는 어떤 약물로 어떻게 나의 우울을 조율할 수 있는지 대강은 알게 되었다. 내 몸과 정신이 약에 통제권을 빼앗기는 것이 아닐까 때로 불안하기도 하다. 그럴 때마다 의사들의 조언을 생각한다. "약이랑 싸우려 하지 마세요. 약은 당신을 휘두르는 것이 아니라, 당신을 가장 당신답게 만들도록 도와줍니다.", "게임으로 치자면 약은 아이템인 거예요, 아이템을 써서 더 잘 싸워 이길 수 있는데 왜 안 써요?", "혈압약이나 갑상선약을 평생 먹는 사람도 있어요, 그거랑 다를 게 없습니다."

약을 먹어야만 잠들 수 있는 자신에 대한 연민이 생길 때도 있고, 걱정 많고 항상 신경이 칼끝 같은 성격이 원망스러울 때도 물론 있다. 그럴 때는 또 다른 의사의 말을 떠올린다. "당신이 그 성격을 유지하고 있는 건, 당신 인생에서 그 성격이 가진 단점보다 장점이 더 많기 때문이에요. 무의식적으로 알고 있을 겁니다. 당신의 성취는 당신을 힘들게 하는 그 성격 덕이라는 걸."

의사들의 이 말이 "네가 힘든 것은 사주에 의욕을 뜻하는 목(木)이 많은데, 목을 지지할 토(土)는 부족하기 때문."이라는 역술인의 말보다 더 의지가 되고 위안을 주는 이유는, 심리학 개론 시간에 배운 것처럼 그것이 과학에 기반하기 때문이다. 코로나19 사태가 불거지고 화이자 미국 본사 벽에 '과학이 승리하리라(Science Will Win)'라는 표어가 붙은 걸 보았을 때, 나는 눈시울이 뜨거워졌다. 기질적인 문제로 생긴 내 인생의 여러 고비에서도, 대개 과학이 승리해 왔다.

그 수업의 영향으로, 대학을 졸업한 후에도 심리학 책을 꽤 읽었다. 미국의 부부 심리학자 마티 올슨 래니와 마이클 래니가 외향인과 내향인의 차이를 탐구한 『사랑과 성격 사이』를 읽으며 외향인과 내향인이 주로 사용하는 뇌의 부위가 다르다는 것을 알게 되었다. 내향적인 사람의 강점을 분석한 수전 케인의 『콰이어트』는 위로와 자신감을 함께 안겨 주었다.

아주 예민한 사람들의 특성을 다룬 일레인 아론의 『타인보다 더 민감한 사람』과 주디스 올로프의 『나는 초민감자입니다』도 나 자신을 이해하며 인정하는 데 많은 도움이

'상처 입은 치유자'이기도 한 헤르만 헤세의 수채화

'상처 입은 치유자'라는 칼 융의 개념을 나는 좋아한다.

상처 입어본 사람만이 타인의 상처를 치유할 수 있다는 이야기다.

되었다. 그리고 우울증이라는 저자 개인의 고통을 사회적 차원으로 확장시켜 고찰한 앤드루 솔로몬의 『한낮의 우울(The Noonday Demon)』……이 책은 다시 그 '악마'가 찾아올 때마다 나를 다독이며, 지탱하게 해준다.

나는 여름에 겨울을 대비할 뿐 아니라, 얼어붙을 듯한 추위 속에서도 봄을 생각하는 법을 배우기도 했다. 최고의 순간에도 상황이 얼마나 나빠질 수 있는지 기억하면서 다시 찾아올 우울증에 대비하기 위해 노력하다 보니 우울증의 쇠퇴에도 민감해질 수 있었다. 겨울이 그러하듯, 여름도 다시 오게 마련이다. 나는 밑바닥으로 굴러떨어졌을 때조차도 좋아진 때를 상상하는 법을 배웠고, 그 소중한 능력은 악마적인 어둠 속을 한낮의 햇살처럼 파고든다.

— 앤드루 솔로몬, 민승남 옮김, 『한낮의 우울』(민음사)에서

§

얼마 전에 S와 만나 저녁을 먹었다. "대학생 때 들었던

4학년

교양수업에 대한 책을 쓰고 있는데, 네 생각이 났다."고 했더니 고매한 학자가 된 S는 농을 섞어 "왜? 내가 너무 교양이 없어서?"라고 되물었다. "아니, 그게 아니라. 네가 C 교수님의 '심리학 개론' 수업을 들으라고 했잖아. 시험 족보까지 주면서 꼭 들으라고." S가 오랜 기억을 상기하며 말했다. "친구들이랑 같이 그 수업 들었는데, 다들 심리학과로 전과할 거라며 난리였어. 교양수업이라고 하면 '서양음악의 이해', '서양미술의 이해' 같은 것만 생각했었는데, 그렇게 재미있고 실생활에도 도움이 되는 교양 수업은 처음이었거든."

S의 익숙한 글씨가 적힌 '족보'를 나는 아직 간직하고 있다. 그 족보가 들어 있던 파일함에서 첫 수업시간에 선생님이 나눠준 프린트물을 발견했다. 이렇게 적혀 있었다.

다음과 같은 일이 수강생들에게 일어나기를:
1) 자신의 삶과 다른 사람의 삶에 대한 이해 증진.
2) 창의적이고 비판적인 사고.
3) 인간 행동에 대한 비교적 잘 확립된 사실 제공.

젊은 교수가 20대 청춘들을 위한 수업을 준비하며 가졌던 소망이 아름답다 느끼면서, "우리의 소망이란 우리들 속에 있는 능력의 예감이다."라는 괴테의 말을 떠올렸다. 내겐 그가 수강생들에게 기대한 세 가지 중 어떤 일이 일어

낫나 생각해 봤다. 세 가지 모두를 충족하지는 못했지만, 적어도 나의 삶에 대한 이해는 무척 증진되었으니, 그의 능력은 나를 통해 어느 정도 실현된 셈이다.

어느 독자가 내게 "나는 힘들 때 당신의 글을 읽고 위로받지만, 저렇게 사람들의 마음속 상처를 감지해 위무하려면 본인은 얼마나 힘든 일을 많이 겪었을까 싶어 마음이 아프다."고 말한 적이 있다. '상처 입은 치유자(wounded healer)'라는 칼 융의 개념을 나는 좋아한다. 상처 입어본 사람만이 타인의 상처를 치유할 수 있다는 이야기다. '상처 입은 치유자'가 되는 건 글 쓰는 사람이라면 어느 정도 감수해야만 하는 숙명 같은 거라고 생각한다. 오래전 그 수업 시간의 프린트물 한 귀퉁이에, 나는 파란색 펜으로 선생님이 들려준 말을 메모해 놓았다.

일기를 쓰면 행복감이 증진됨 — 자기 자신을 드러내고 지지받는 경험을 할 수 있으므로.

19 쓸데없는 공부의 쓸모 있는 위로

라틴어 1(4학년 1학기)

집에 있을 때면 대개 라디오를 켜고, 채널을 클래식 FM
에 고정시켜 놓는다. 클래식 음악에는 문외한이지만 언제
나 나를 멈추게 하는 노래가 하나 있다. 바삐 외출 준비
를 하다가도, 라디오를 끄고 텔레비전을 좀 켜볼까 하다
가도, 이 곡이 나오면 일단 하던 일의 템포를 늦추고 끝까
지 듣는다. 라틴어 성가(聖歌) 「파니스 앙젤리쿠스(Panis
Angelicus)」다. 「생명의 양식」이라고 흔히 번역하지만, 정확
한 뜻은 '천사의 빵(Angelic Bread)'이다. 'Panis'는 라틴어
로 '빵'이고(샌드위치로 즐겨 먹는 '파니니'와 비슷하지 않
은가?), 'Angelicus'는 '천사의' 혹은 '천사 같은'이라는 뜻이
기 때문이다. 토마스 아퀴나스가 성체 축일을 위해 지었다
는 이 노래를 나는 대학의 라틴어 수업시간에 배웠다.

§

언어를 배우는 걸 좋아했지만, 라틴어까지 손댈 생각은 없었다. 우리말 고어(古語)도 모르는데, 서양의 사어(死語)까지 배워야 하나 생각했다. 그러나 지적이고 호기심 많은 나의 친구들은 이번에도 나와는 달랐다. 움베르토 에코의 『장미의 이름』에 나오는 수도사들의 깊은 학식을 동경했던 그들은 너무 재미있겠다며 무리지어 교양 라틴어 수업을 듣기 시작했다.

그들이 매 수업 전 과방에 앉아 퀴즈 준비를 하고 격(格) 변화를 읊으며 제대로 외웠는지 서로 체크하는 모습을 보고 있자니, 나만 은근히 소외당하는 것 같은 느낌이 들었다. 그래서 결심했다. 나도 한다, 라틴어! (이 책에 실린 스무 편의 원고 중 이 글을 열아홉 번째로 쓰고 있는데, 매번 '친구들이 듣는 수업을 따라 들었다.'고 적고 있자니 참 줏대 없어 보이지만 어쩔 수 없다. 사실이므로.)

교양 라틴어 수업은 인문대의 서양고전학협동과정에서 개설했다. 선생님은 시간강사였는데, 영민한 인상의 자그마한 분이었다. 옥스포드출판사에서 나온 영문(英文) 교재를 사용했다. 클래식한 분위기를 내기 위해서인지, 새면 핑크의 책 표지엔 말 그대로 대리석을 연상시키는 마블링(marbling)이 있었다.

유럽권 소설을 읽으면 기숙학교에 다니는 10대 청소년

들이 라틴어 때문에 고전(苦戰)하는 이야기가 많이 나오는데, 나는 첫 시간에 이미 왜 그렇게 많은 소설가들이 작품에서 라틴어의 어려움을 이야기하는지 이해하고 말았다. 불어의 격 변화도 어렵다 생각했지만, 라틴어에 비하면 아무것도 아니었다.

단어의 성별은 물론 있고, 성별과 격에 따라 어미가 바뀌는데 그 경우의 수가 너무 많아 헷갈리기 십상이었다. 격변화를 습득하는 것이 초급 라틴어의 핵심이라 거의 매시간 단어의 성별 및 격에 따른 변환, 번역 및 작문에 대한 과제와 퀴즈가 있었다. 암기에는 꽤 자신 있었지만, 퀴즈에서 만점을 받은 적이 단 한 번도 없었다. 나는 금세 의기소침해졌다.

§

불쌍한 한스 기벤라트! 수업을 듣는 내내 헤르만 헤세의 소설 『수레바퀴 아래서』의 주인공 한스 기벤라트를 생각했다. 공부에 치이다 목숨을 잃는 이 가엾은 소년에게 한창 대입 준비 중이던 고등학생 때도 공감한 적이 없는데, 라틴어를 수강하면서 마침내 그를 이해했다. 소설의 디테일은 흐려지고 큰 줄거리만 기억났는데, 한스가 라틴어학교에 다녔다는 내용이 희미하게 머릿속에 남아서인지 한스가 라틴어 때문에 고생했고 그를 끝내 죽음으로 몰아넣은 것도 몹

헤르만 헤세(1877~1962)

같은 이유로 한스는 라틴어를 매우 좋아했다.

왜냐하면 그 언어는 뚜렷하고, 확실하며, 좀처럼

의혹의 여지를 남기는 법이 없기 때문이다.

—『수레바퀴 아래서』에서

쓸 라틴어라고 생각했다.

친구 따라 강남 가려고 라틴어 강의에 등록해서 사서 고생 중이었던 나와, 아버지와 고향의 기대를 등에 업고 훌륭한 인물이 되기 위해 신학교에 진학한 한스의 처지는 사뭇 달랐지만, 어쨌든 라틴어를 배우는 내내 나는 '불쌍한 한스'가 된 기분이었다. 그러나 기억이란 어쩌면 그렇게 제멋대로인지!

한스를 괴롭혔던 건 신학교의 엄격한 규율과 숨막히는 분위기였지, 라틴어가 아니었다. 『수레바퀴 아래서』를 다시 읽어보니, 한스는 그리스어 문법을 어려워했고 히브리어에는 흥미가 없었지만, 라틴어를 뛰어나게 잘했고 심지어 좋아했다. 헤세는 한스가 "수학의 세계에서는 미로를 헤매거나 남을 속이는 일이 벌어지지 않는다는 사실을 마음에 들어 했다."면서 이렇게 쓴다.

같은 이유로 한스는 라틴어를 매우 좋아했다. 왜냐하면 그 언어는 뚜렷하고, 확실하며, 좀처럼 의혹의 여지를 남기는 법이 없기 때문이다.

— 헤르만 헤세, 김이섭 옮김, 『수레바퀴 아래서』(민음사)에서

4학년

§

어려워했지만 나 역시 라틴어를 싫어하지 않았다. 문법은 정확하게 익히지 못했고, 퀴즈와 시험에서는 여전히 많이 틀렸지만 내가 알고 있는 영어 및 불어 단어와 비교해 가며 뜻을 추측해 가는 과정이 즐거웠다. 알고 보니 나는 이미 라틴어 단어를 꽤 많이 접했었다. 학교의 문장(紋章)에는 'veritas lux mea(웨리타스 룩스 메아)'(진리는 나의 빛)라고 적혀 있었고, 영화 「죽은 시인의 사회」에서 키팅 선생이 외치는 'carpe diem(카르페 디엠)'(순간을 즐겨라)'이라는 말도 익숙했으며, 미술사 수업 시간엔 서양 옛 그림의 주요 주제인 'memento mori(메멘토 모리)'(죽음을 기억하라)와 'vanitas(와니타스)'(허무)에 대해 귀에 못이 박이도록 들었다. (참고로 말하자면, 고전 라틴어에서 v는 영어의 w와 비슷하게 발음된다.) 그리고 『장미의 이름』의 아름답기 그지없는 마지막 문장. "stat rosa pristina nomine, nomina nuda tenemus."(지난날의 장미는 이제 그 이름뿐, 우리에게 남은 것은 그 덧없는 이름뿐.)

라틴어 교재는 고대 로마의 시인 호라티우스의 생애를 만화와 짤막한 이야기로 들려주며 라틴어를 배울 수 있도록 구성되었다. 그의 풀네임은 '퀸투스 호라티우스 플라쿠스'인데, 교재에서는 그냥 '퀸투스(Quintus)'라고 불렀다.

Quintus est puer Romanus. 퀸투스는 로마의 소년입니다.
Horatia puella Romana est. 호라티아는 로마의 소녀입니다.

퀸투스와 여동생 호라티아를 주인공으로, 영어로 치자면 '아이 앰 어 보이', '유 아 어 걸' 같은 문장들을 먼저 배웠는데, 라틴어의 'est'가 불어의 'est'와 마찬가지로 영어의 be동사와 같은 역할을 한다는 걸 추측하는 건 어렵지 않았다.

Argus bonus est. 아르구스는 착하다.

이 문장의 뜻도 불어의 'bon'이 '좋다'는 뜻이라는 걸 알고 있으면 쉽게 알아맞힐 수 있었다. 아르구스는 퀸투스네 집 강아지 이름이다.

여하튼간에 문법은 수박 겉핥기 식으로 대충 외우면서도, 서툰 라틴어로 친구들과 농담을 주고받는 재미에 그때의 나는 푹 빠져 있었다. 비록 더듬거렸지만, 남들이 잘 알지 못하는 언어로 소통하고 있노라면 제법 기품 있는 지식인이 된 것 같은 기분이 들기도 했다. 친구들을 놀리며 가장 자주 써먹은 문장은 이거였지만.

Asinus! 멍청이!

그리고 언젠가, 이런 고백의 말을 들은 적도 있다.

Vero dico, te amo. 진실로 말하노니, 그대를 사랑한다.

수업을 듣고 있자면 도대체 이 쓸데없는 언어를 배우고 있는 사람들이 누구인지가 궁금해졌다. 유럽 학문을 계속 공부할 것이 아니라면 굳이 시간을 들여 라틴어를 공부할 이유가 없을 텐데……. 인문대생, 그것도 서구 언어를 전공하는 학생이 대부분일 거라는 내 예상과는 달리 수강생의 구성은 다양했다. 항상 강의실 맨 앞자리에 앉아 눈을 반짝이며 선생님의 질문에 대답하던 화학과 남학생도 생각나고, 꼬박꼬박 수업에 참석하던 공대생도 기억난다.

그 시절, 우리는 무엇 때문에 청춘의 일부를 투자하여 대학을 졸업하면 더 이상 쓸 일 없을 것 같은 언어를 붙들고 끙끙대며 머리를 싸매었던 것일까? 어떤 힘이 우리를 지식의 세계로 인도하였으며, 그 미지의 세계를 헤매며 끝없이 공부하고 또 공부하도록 만들었던 것일까?

§

매시간 학생들이 제출한 퀴즈 답안과 과제를 꼼꼼하게

고쳐서 돌려주곤 했던 선생님은, 'Angelus'(천사)의 격 변화를 설명하던 날 라틴어와 한국어 가사가 함께 적힌 악보를 나눠주며 「파니스 앙젤리쿠스」를 가르쳐주었다. 가사를 한 줄 한 줄 번역해 주며 학생들에게 합창하게 했던 그는, 짓궂은 학생들의 요청에 큰 망설임 없이 강단에 서서 직접 그 노래를 불렀다.

Panis angelicus 천사의 양식
fit panis hominum; 인간의 양식 되고
Dat panis coelicus 천상의 양식
figuris terminum: 주님의 형상을 완성하네
O res mirabilis! 오! 묘한 신비여!
Manducat Dominum 주님을 먹는다네
pauper, servus et humilis. 가난하고, 비천한 종이.

다소 떨리지만 또렷한 목소리로, 그러나 진지하게 그는 노래했다. 신(神)의 언어인 라틴어로 그가 주님의 양식을 노래할 때 나는 정신의 고양이라고밖에 말할 수 없는 어떤 감각, 조물주의 커다란 손이 하늘로 들어올려 두둥실 떠오르는 것 같은 느낌에 사로잡혔다. 교수 자리가 날지 불확실하지만 단지 공부가 좋아 서양 고전 연구를 업으로 삼겠다 결심한 시간강사와, 졸업 후에 미래가 불투명하지만 단지 공

부가 좋아 쓸데도 없어 보이는 라틴어 강의를 듣겠다 마음 먹은 학생들……. 그 낡고 허름한 지상(地上)의 강의실에서 우리는 천상(天上)의 언어를 배우고 있었고, 그 언어는 대부분의 수강생들에게 삶의 잉여였지만 분명 '위안'이었다. 세상은 우리에게 '쓸모'를 요구하지만 유용한 것만이 반드시 의미 있지는 않으며 실용만이 답은 아니라는 그런, 위로.

세월이 흘러 나는 고아한 '천상의 양식'과는 동떨어진 '지상의 밥벌이'를 위해 일하게 되었다. 당장 입 안에 밥을 넣어주지 않는 인문학 따위는 팔자 좋은 이들의 유희라고 생각했던 적도 있다. 그렇지만 나 자신이 조직의 부품에 불과한 것만 같을 때, 부품인 주제에 쓸모라곤 없는 것 같을 때, 그래서 비참하여 마음이 괴로울 때, 위로와 안식을 주는 건 내가 떠난 지 오래된, 그저 '잉여'에 불과하다 여겼던 그 공부의 세계였다. 쓸모없어 보였던 그 라틴어 수업이 내 세계를 확장시켜 주었다. 세상에는 엄청난 세월이 지나 실생활에서 쓰이지 않아도 기억되는 언어가 있고, 온 힘을 다해 그 언어를 공부하는 사람이 있고, 그 언어로 쓰인 아름다운 노래가 있다는 사실을 자각하게 하면서…….

어느 출근길, 라디오에서 흘러나오는 「파니스 앙젤리쿠스」를 들으면서 눈물을 흘린 적이 있다. 울면서 생각했다. 그때 그 선생님은 왜 굳이 학생들 앞에서 독창까지 해가며 이 단어, 이 노래를 각인시키려 했을까? 교양 수업에 불과

했고, 수강생들 중에 자신과 같은 길을 갈 만한 이는 손에 꼽을 정도로 드물었을 텐데, 그렇게 최선을 다해 수업하지 않아도 되었을 텐데……. 그는 그 낯선 고대(古代)의 언어가 학생들의 인생에 어떤 선한 영향을 끼치리라 믿었던 걸까?

§

다시 『수레바퀴 아래서』로 돌아가자면, 한스 기벤라트를 죽인 것은 공부가 아니었다. '쓸모'에 대한 세상의 강박이었다. 한스는 그리스어와 히브리어를 배우며 문법보다 내러티브에 더 감정이입한다. 호메로스의 영웅이나 복음서의 인물들을 단순한 이름이나 숫자로 기억하지 않고 붉은 입술과 얼굴, 영혼이 살아 숨 쉬는 손을 가진 이들로 가까이 느낄 수 있었다. 그러나 학교가 그에게 허락한 언어는 틀에 박힌 문법의 세계, 향후의 영달을 위한 실용의 테두리 안에 갇혀 있었다. 친구 하일너와의 관계에 몰두해 성적이 떨어진 한스를 부른 교장은 열심히 공부하겠다고 약속해 주겠느냐고 물은 후에 이렇게 덧붙인다.

"아무튼 지치지 않도록 해야 하네. 그렇지 않으면 수레 바퀴 아래 깔리게 될지도 모르니까."

한스처럼 라틴어에서 "간결한 문체를 유지하는 법과 운

율의 섬세함"을 배우지는 못했지만, 그 어떤 실용적인 목표 없이 단지 '교양'으로서의 라틴어를 배울 수 있어서 다행이라 생각한다. 교양이란 학식과는 다르다. 교양은 비정한 현실 속에서, 더 비정하거나 덜 비정한 세계를 상상하고 그에 틈입할 여지를 준다. 그러한 자유라도 있기에, 우리는 지치지 않고 생(生)의 수레바퀴를 유연하게 굴릴 수 있는 것이다.

「파니스 앙젤리쿠스」를 들을 때마다 'sursum corda(수르숨 코르다)'라는 라틴어 어구를 떠올린다. 프란츠 리스트의 연작 피아노곡 「순례의 해」 중 마지막 곡의 제목이기도 한 이 말은 '마음을 드높이'라는 뜻이다. 가톨릭의 미사 전례에서 제단에 빵과 술을 바친 사제는 감사기도를 올린 후에 말한다. "sursum corda"(마음을 드높이.) 신자들은 답한다. "Habemus ad dominum"(주님께 올립니다.)

마음을 끌어올려 신에게 드리는 일은 공부를 통해 정신을 고양시키는 일과도 닮아 있다고, 나는 생각한다. 그건 그 어떤 신도 아닌 스스로에게 기꺼이 바치는 제물이라고 여기면서 오래전 라틴어 수업 시간에 배운 문장 하나를 옮겨 적어본다.

Sapiens nihil facit invitus nihil iratus
현명한 이는 어떤 것도 마지못해 하거나 분노한 채로 하지 않는다.

알브레히트 뒤러, 「서재의 성 제롬」(1514)

수업 교재

Maurice Balme & James Morewood, 『Oxford Latin Course Part 1』(Oxford

University Press)

20 꾸준하고 성실하게 책장을 넘기는 수밖에

19세기 미소설(4학년 2학기)

대학에서의 마지막 학기가 닥쳐왔다. 2002년 가을이었고, 나는 스물네 살이었다. 내내 마음을 옥죄어 왔던 진로에 대한 고민은 언론사 입사 준비를 하는 것으로 귀결되었다. 언론사를 택한 데는 여러 이유가 있었다. 고등학교 때부터 막연히 기자가 되고 싶다고 생각했다. 체벌과 폭언이 일상적으로 이루어지는 고교 시절을 보냈는데, 기자가 되면 사회 정의를 실현하며 모든 잘못된 것들을 바로잡을 수 있을 것만 같았다.

좀 더 현실적인 이유는 경영학이나 법학을 복수전공하지 않은 '찐 인문대' 졸업생을 받아주는 기업이 거의 없다는 사실이었다. 별다른 계산 없이 듣고 싶은 과목 위주로 수강했더니, 졸업할 무렵의 내 '스펙'은 학점과는 별개로 취업 시장이 요구하는 것과 거리가 멀었다. 인턴십 경험도 해외 어학연수 경험도 없었다. 대학 4년간 학교 공부 말고는 한 것이 없었다.

그렇지만 후회도 미련도 없었다. 이상하리만치 자신감이 있었다. 학생으로서의 본분을 성실하게 행한 대가가 꼭 있을 거라고 믿었다. 지금 생각해 보면 지극히 이상적인 생각이었지만, 그런 믿음이라도 없었다면 그 시절을 견디기 어려웠을 것 같다. 인터넷을 뒤져 언론사 입사 준비생들이 모이는 '웹진 언론고시' 사이트에 가입하고, 응시 경험이 전무한 초짜도 받아주는 스터디 모임을 찾아 지원서를 냈다. 그렇게 나는 '취준생'이 되었다.

§

거의 매 학기 수강 최대 학점을 꽉꽉 채워 들었지만, 마지막 학기에는 한 과목만 들었다. 당장 그해 여름부터 언론사 공채 시험에 응시하기 시작했기 때문에 수업을 들을 시간적 여유도 심적 여유도 없었다.

대학에서의 마지막 수업으로 나는 영문학과 전공과목인 '19세기 미소설'을 택했다. 재수강이었다. 2학년 때인가 3학년 때 처음 그 수업을 들었던 것은 영문과에서 개설한 수업 세 개를 듣고 일정 학점 이상을 받으면 졸업 영어시험이 면제된다는 단순한 이유에서였다. 19세기 미국이 단편소설의 황금기라는 사실 같은 것도 물론 몰랐다.

이번에도 친구들이 듣길래 따라 들었는데, 그중에서 널널할 것 같은 강좌를 택했다. 영문학 수업인데도 강독을 하지 않는다는 수업, 원서가 아니라 번역본을 읽어 가도 된다는 수업…… 나는 모범생이긴 했지만, 굳이 사전을 뒤져가며 수업 준비에 공을 들일 만큼은 아니었다. 낑낑대며 원서를 읽지 않아도 된다는 사실만으로 그 수업은 들을 가치가 충분해 보였다. '번역만 훌륭하다면 우리말로 된 걸 읽으나 원어로 읽으나 텍스트를 이해하는 데 뭐 큰 차이가 있겠어?'라고도 생각했다. 이 모든 긍정이 시쳇말로 학점을 '날로 먹고 싶은' 마음의 다른 얼굴이었다는 것은 학기말 무렵에야 깨달았다.

수업에서는 허먼 멜빌의 『모비 딕』을 중점적으로 배웠다. "수의(壽衣)를 입은(shrouded)" 듯 희고 거대한 고래의 이미지는 강렬하게 남았지만, 원서 예습 숙제도 없고 강독도 없으니 텍스트를 대충 읽게 되었다. 우리말이니 훑어만 보아도 뜻을 파악할 수 있을 거라는 오만한 마음이 불러온 결과였다.

원어로 읽었으면 축자적으로 따져가며 곱씹어 생각해 보았을 텐데, 번역본을 읽을 때는 그런 과정이 생략되었다. 나는 작품의 과감하고 독창적인 해석에 방점을 두고 과제와 시험 준비를 했다. 스스로가 꽤나 창의적이라고 생각했는데, 착각이었다. 텍스트를 꼼꼼히 읽지 않았는데 무엇을 밑거름 삼아 창의성이 싹을 틔우겠는가? 그렇게 한 학기를 보낸 결과는 실망스러웠다. 나의 사고(思考)는 선생님의 가르침 그 이상을 넘어가지 못했다. 학점은 B⁻에 머물렀다. 다른 과목도 아니고 문학인데! 문학에는 자신이 있었는데…….

대학 생활을 마무리할 단 한 과목으로 '19세기 미소설' 재수강을 택한 건 오만함에 대한 반성, 자존심의 회복 등이 이유였다. B⁻야 다른 과목에도 있었지만 문학 과목에 B⁻를 남겨두고 싶지 않았다. 무엇보다도 이번엔 제대로 한번 해보고 싶었다.

재수강할 강좌를 고를 땐 첫 수강 때와 마음가짐을 달리 했다. 깐깐하게 텍스트 강독을 하기로 이름난 원로 교수의 수업을 택했다. 학점을 잘 받기는 힘들 거라고 주변에서들 말했지만 'B⁻보다는 낫겠지.' 싶었다. '펭귄북스'에서 나온 『American Short Stories(미국 단편선)』가 교재였다. 워싱턴 어빙의 「슬리피 할로의 전설」, 너새니엘 호손의 「영 굿맨 브라운」, 에드거 앨런 포의 「어셔 가의 몰락」, 허먼 멜빌의 「필경사 바틀비(Bartleby, the Scrivener)」, 프랜시스 브렛 하트의 「포커 플랫의 추방자들」, 앰브로즈 비어스의 「행방불명자 중 한 명」, 헨리 제임스의 「진품」, 스티븐 크레인의 「옐로 스카이의 신부」, 잭 런던의 「불을 지피기 위해」 등을 읽었다.

수업은 수강생들이 미리 작품을 읽어 오고, 수업시간에 선생님이 임의로 지명한 학생이 작품을 읽으며 해석을 하면 그를 선생님이 바로잡아 주는 고전적인 방식으로 이루어졌다. 지루했던가? 지루하기보다는 힘들었다. 책상 앞에 꼼짝 않고 앉아 시간을 들여야 하는 일, 시간만이 해결해 줄 수 있는 작업은 언제나 인내를 필요로 한다. 그렇지만 싫지는 않았다.

새로운 단어를 하나하나 알아가고, 문장의 뜻을 짚어가고, 글자 그대로의 의미를 이해하고, 행간에 숨겨진 뜻을 유추해 내는 일이 좋았다. 자취방 책상에 앉아 밤늦게까지 끙끙대다 강의실로 들어가 선생님과 호흡을 맞추며 책을 읽어가는 순간이 즐거웠다. 간혹 고민해 내놓은 나의 해석에 선생님이 고개를 끄덕여주는 경험이 소중했다.

나는 SBS에, MBC에, KBS에, 연합뉴스에, 매일경제에, 동아일보에 잇달아 낙방했다. 학교 밖의 사회는 나를 원하지 않는 것 같았다. 신문을 읽고, 스터디원들과 논술 공부를 하고, 면접 준비를 위해 각종 시사 문제를 놓고 토론 연습을 하던 나날…… 골수를 짜내듯 모국어를 한껏 동원해 취업을 위한 무기로 사용하던 지난한 시간 속에서 외국어로 된 문학 작품을 읽고, 여기가 아닌 다른 세계를 그려보고, 단어의 의미와 아름다움을 곱씹어보는 일이 숨통을 틔워주었다.

허먼 멜빌

에드거 앨런 포

워싱턴 어빙

프랜시스 브렛 하트

너새니얼 호손

헨리 제임스

앰브로즈 비어스

잭 런던

학교 밖 세계의 일원이 되는 일은 멀고도 멀어 보였지만, 나는 아직 학교의 일원이었다. 그 사실이 안정감을 주었다. 이상한 일이었다. 학교 밖 사회에서 '현실 감각 없는 구름 위의 세계'라 부르는 상아탑에서의 시간이 아직 내게 약간 남아 있었는데, 그 덕에 오히려 단단하게 다져진 땅 위에 발을 딛고 있는 것 같은 느낌이 들었다.

§

여러 작품을 읽었지만 멜빌의 「필경사 바틀비」가 가장 기억에 남는다. 월가의 변호사가 "창백할 정도의 단정함, 애처로운 기품, 그리고 치유할 수 없는 고독"을 지닌 젊은 필경사 바틀비를 고용한다. 바틀비는 성실하지만, 고용주의 요구에 번번이 응하지 않는다. 특히 서류의 필사본과 원본을 대조해 보라는 지시를 어긴다.

정확성이 생명인 법률사무소에서 크로스체크는 필수적인 일이지만, 바틀비는 이렇게 답한다. "I would prefer not to."(그렇게 하지 않는 편이 더 좋겠습니다.) 단호한 거부의 말이 아닌 부드러운 거절의 말. 바틀비의 대답과 자신이 바틀비를 고용한 이유 사이에서 어리둥절하며 휘둘리던 변호사는 바틀비를 이해하기 위해 그간 살아온 이력을 물어보기도, 바틀비를 해고하려고도, 사무실에서 내보내려고도 해보았지만, 돌아오는 답은 언제나 똑같았다. "I would prefer not to."

결국 변호사는 바틀비를 피해 사무실을 옮기고, 사무실 건물에 지박령(地縛靈)처럼 남아 있던 바틀비는 새로 이사 온 이들에 의해 부랑자 구치소로 보내진다. 구치소에서 식음을 전폐하던 바틀비는 마침내 세상을 떠나고, 변호사는 탄식한다. "Ah, Bartleby! Ah, humanity!"(아, 바틀비! 아, 휴머니티!)

작품을 완전히 이해했던가? 그러지 못했다. 지금 다시 들여다보아도 모호한 작품이다. 다만 "I would prefer not to."라는 바틀비의 대답만은 알 것만도 같았다. 그 대답은 손에 움켜쥔 모래처럼 주르륵 손가락 틈새로 빠져나가 바닥에 쏟아졌지만, 손바닥 몇 군데 달라붙어 남아 있는 몇몇 알갱이처럼 또렷한 흔적을 남겼다.

대학을 떠나고 싶은가? "I would prefer not to." 뻔한 회사원이 되고 싶은가? "I would prefer not to." 그렇다면 평생 제 앞가림도 못한 채 룸펜으로 살고 싶은가? "I would prefer not to." 미래에 관한 모든 질문 앞에서 나는 자신이 없었고, 대답을 유예하고 싶었다. 그렇지만 현실은 즉답을 요구했다. 괴로움은 그 간극에서 왔다.

§

연거푸 시험에 낙방하고 다시 시도하기를 거듭하는 사

이에 기말이 왔다. 기말 과제는 수업시간에 배운 작품 중 두 개를 골라 자유롭게 비교하며 리포트를 써 내는 것이었다. 나는 「필경사 바틀비」와 에드가 앨런 포의 「어셔 가의 몰락」을 골랐다. 당시의 나는 신경증에 시달리면서 주변을 괴롭히다 스스로를 파국으로 몰아가는 유서 깊은 집안의 자제 로더릭 어셔와 필경사 바틀비 양쪽 모두가 예술가의 메타포라 여겼다. 바틀비가 자신의 필사를 원본과 대조하는 것을 거부하며 오리지널리티(originality)에 대한 자긍심을 가진다는 것에서 특히 그랬다.

당시의 나는, 광기 어린 천재라는 예술가의 전형성을 보여주는 어셔는 철저히 자기만의 세계에 빠져 남의 시선을 아랑곳하지 않을 수 있었던 포 자신을 반영한다고 생각했다. 반면 선원이었던 멜빌은 월가라는 한결 실재감 있는 현실 세계에서 일했던 바틀비처럼, 혼란 속에서 자신을 바라보는 주변 사람들의 시선에 대해 정의(定義)를 시도해야 했을 거라 여겼다. 그 결과 예술과 예술가를 그 자체로서 인식하지 못하고 어설픈 해석으로 덧칠하려는 세태를 비판하고픈 욕구를 갖게 되었을 것이라고도.

장폴 사르트르의 『지식인을 위한 변명』을 읽고 감명받았던 나는 '세계 내 존재(être dans-le-monde)'라는 사르트르의 개념을 원용하여, "예술은 세계 내 존재인 '나'가 외부 세계를 내재화하려는 움직임과 '나'의 내재성을 외재화하려는 움직임 사이에 존재하는 미묘한 알력 가운데서 생겨난다."라고 썼다.

"이 알력다툼에서 반응열이 생성되게 마련이고, 그 반응열은 때때로 거대한 파괴 에너지로 전환되어 예술가와 그의 세계, 때로는 예술과 미(美) 자체까지도 파국에 이르게 한다."고도 적었다. 나는 단언했다. 「어셔 가의 몰락」과 「필경사 바틀비」는 모두 이러한 예술가의 파국을 잘 보여주고 있는데, 차이가 있다면 전자에서는 '나'가 외부 세계를 내재화하려는 움직임이, 후자에서는 '나'의 내재성을 외재화하려는 움직임이 보다 강하게 나타나고 있다는 것이다."

대학 시절의 리포트를 꺼내어 읽으며, 나는 의아하게 여긴다. 그 시절의 나와 지금의 나는 정말 같은 인간인 걸까? 이렇게 어렵고 복잡한 개념을 당돌하게 글로 써낼 수 있었던 패기만만한 대학생을, 20년간의 기자 생활이 중학생도 이해할 수 있는 쉬운 글만을 쓰도록 순치(馴致)해 버린 걸까? 아니면 나는 단지 성장한 것일까? 40대 중반의 나는 20대 중반의 나보다 분명 원숙해졌지만, 세상을 모르는 젊은 눈만이 포착해 낼 수 있는 날선 감각은 노회함을 얻은 대가로 잃어버린 것 같다.

어쨌든간에 기말 리포트를 쓰면서 나는 왕성하고 자유롭게 사고하였는데, 그렇게 사유를 뻗어갈 수 있었던 힘은 텍스트를 착실하게 읽어낸 데서 왔다. 학기가 끝난 후에 선생님은 리포트를 돌려주었다. 연필로 밑줄을 긋고, 중간중간 코멘트를 달아가며 꼼꼼하게 읽은 흔적이 남아 있는 리포트의 표지에는 "A⁺, Excellent"라는 말과 함께 이렇게 적혀 있었다.

글의 주제가 적절, 명료.
논의의 전개가 논리적.
우리말 구사력 훌륭.
작품의 심층적 이해.
이런 글(term paper)에는 적절치 않은 형식의 서론·결론 부분이지만, 내용이 아주 흥미로움.
(심층적으로 생각하고 정확하게 글 쓰는 훈련을 계속하기 바람.)

그때 알았다. 반짝이는 천재성을 동경했지만, 고지식한 성실성이 나의 특장점이라는 걸. 나는 '토끼'가 아닌 '거북이'형 인간이라는 것을.

당시의 나는 무척이나 주눅이 들어 있었다. 연말이 되었는데도 나를 불러주는 언론사는 단 한 군데도 없었다. 과연 연내에 취업할 수 있을지가 불투명했고, 대학원 진학을 거세게 반대하던 아버지마저 걱정이 되었는지 "사람은 어디든 적(籍)이 있어야 한다."면서 "대학원 시험을 보는 게 어떻겠냐."고 했다.

그런 와중에 "심층적으로 생각하고 정확하게 글 쓰는 훈련을 계속하기 바란다."는 선생님의 격려가 큰 힘이 되었다. 적어도 내 글이, 언론사 입사시험용은 아닐지 몰라도 어딘가에서는 인정받을 수 있다는 방증이었으며, 기자가 되든 되지 못하든 글 쓰는 직업을 가질 수 있으리라는 희망의 증거이기도 했다. 그리고 새해가 오기 전에, 나는 지금 다니고 있는 회사로부터 합격 소식을 들었다.

§

앞서도 언급한 적 있는 넷플릭스 드라마 「더 체어」를 보면서 '19세기 미소설' 수업을 생각했다. 명문대학 영문과 학과장으로 새로 부임한 한국계 김지윤 교수(샌드라 오)는 연봉은 높은데 학생들에게 인기는 없는 원로 교수들을 내보내야만 하는 임무를 띠게 된다. 차마 대놓고 원로 교수들을 쫓아낼 수 없었던 지윤은 수강생이 구름처럼 몰려드는 젊은 강사와 꼿꼿한 노학자가 공동으로 강의를 맡도록 한다.

학생들이 수업을 듣고 깨달은 것을 공연 등을 통해 자유롭게 보여주도록 지도하는 젊은 학자 야즈와 텍스트 독해에 방점을 찍은 노교수 엘리엇의 수업은 극적으로 대비된다. "나는 학생들이 단어와 문장의 아름다움을 깨닫도록 해주고 싶다. 야즈는 그냥 애들이랑 놀고 싶은 것일 뿐"이라고 말하는 엘리엇에게 지윤은 말한다. "야즈는 소셜 미디어 팔로워만 8,000명이에요." 엘리엇은 받아친다. "예수님은 제자가 고작 열두 명이었어. 요즘 기준에선 예수도 루저겠네?"

드라마는 시종일관 중립적인 시선을 유지하지만, 어쩌면 마이너리티인 젊은 흑인 여성 야즈와 학계 권력 피라미드의 정점에 선 늙은 백인 남성 엘리엇의 대비를 통해 '화이트 메일(White Male)'이 학계를 장악하고 있는 현실을 비판하고 싶었는지도 모르겠다.

인문학을 비롯한 순수 학문에 대한 관심이 날로 줄어들기 때문에, 학생을 유치하기 위해 퍼포먼스형 교수법을 택한 야즈를 이해한다. 종신교수 엘리엇에 비해 신진 학자에게 수강생의 수가 훨씬 더 중요하기 때문에 야즈는 필사적으로 학생들의 흥미를 끌 수밖에 없었을 것이다. 그렇지만 나는, 나 역시 젊은 유색인종 여성임에도, 어느 정도는 엘리엇의 편을 들어줄 수밖에 없었다.

아무리 낡고 지루하다 해도, 기본은 변하지 않는다. 인문학의 기본은 긴 텍스트를 읽어내는 훈련이고, 그러기 위해서는 책상머리에 묵직하게 앉아 보내는 시간이 필요하다. 공부의 기본은 언제나 아날로그다. 대학에서의 마지막 수업이 그걸 가르쳐주었고, 나는 그 덕분에 시간만 충분히 주어진다면 대부분의 책을 끝까지 읽어낼 수 있는 사람이 되었다.

서평 담당 기자가 되면서 밥벌이로서의 책읽기를 수년간 했다. 보통 한 주에 한 권 이상의 책을 일 때문에 읽는다. 얇은 책도 있고 두꺼운 책도 있다. 신문 서평은 기사 가치가 있는 책을 골라 쓰기 때문에 내 관심사인 책도 있고 아닌 책도 있다. 어떤 책이든 일이기 때문에 읽기 버겁다. 마감 전날인 목요일 저녁만 되면 나는 고난의 수렁에 빠진다. 그렇지만 왕도는 없다.

책상 앞에 앉아 꾸준하고 성실하게 책장을 넘기는 수밖에 없다는 것을, 경험을 통해 알고 있다. 낯선 책과 안면을 트는 데는 시간이 필요하다. 포기하지 않고 읽어가면서 그 책의 언어에 익숙해지고 나면 어느 순간, 제법 숙련된 서퍼가 파도에 자연스레 몸을 맡기듯 능숙하게 책장을 넘기고 있는 스스로를 발견하게 된다.

책을 장악한다는 것은 날뛰는 야수의 목덜미를 낚아채어 도망가지 못하도록 틀어쥐는 것과 비슷하다고 생각한다. 대학이라는 공간이 나를, 책이라는 맹수를 길들일 수 있도록 정교하게 훈련시켰다.

수업 교재

Edited by James Cochrane, The Penguin Book of American Short

Stories(Penguin Books)

감사의 말

내게 이 책을 쓰게 했고, 책을 쓰는 여정을 줄곧 함께 해준 다정한 친구 양희정 민음사 부장님께 가장 먼저 감사의 마음을 전하고 싶다. "공부는 잊어버리라고 하는 거예요."라는 그의 말이, '거의 다 잊어버린 대학 수업을 상기하는 것이 과연 의미가 있을까?'라는 회의가 들며 작업이 난항에 빠질 때마다 용기를 주었다.

독서와 글쓰기의 세계로 나를 인도한 부모님, 특히 "대학은 공부하는 곳이라는 걸 잊으면 안 돼."라고 당부한 아버지께 무한한 사랑과 감사를 함께 드린다. 그리고 내게 지식인으로서의 씨앗을 심어준 대학의 수많은 선생님들께 머리 숙여 존경과 감사를 표한다. 이 책을 쓰기 위해 오래된 강의 노트와 교재를 다시 펼치면서 그때 그 선생님들이 어린 우리들을 진심으로 사랑하고 아꼈다는 사실을 새삼 깨달았다.

공부의 위로

1판 1쇄 펴냄   2022년 3월 20일
1판 7쇄 펴냄   2024년 2월 5일

지은이   곽아람
발행인   박근섭·박상준
펴낸곳   (주)민음사

출판등록   1966. 5. 19. 제16-490호
주소   (우편번호 06027) 서울특별시 강남구 도산대로1길 62(신사동)
           강남출판문화센터 5층
대표전화   02-515-2000 | 팩시밀리   02-515-2007
홈페이지   www.minumsa.com

ⓒ 곽아람, 2022. Printed in Seoul, Korea

ISBN   978-89-374-4258-2   (03800)